Johann Karl August Musäus, geboren am 29.3.1735 in Jena, ist am 28.10.1787 in Weimar gestorben.

»Volksmärchen« – sagt Musäus in seinem Vorwort zur Ausgabe von 1787 – »sind keine Volksromane oder Erzählungen solcher Begebenheiten, die sich nach dem gemeinen Wortlaute wirklich haben zutragen können. Jene veridealisieren die Welt und können nur unter gewissen konventionellen Voraussetzungen, welche die Einbildungskraft, solang sie ihrer bedarf, als Wahrheit gelten läßt, sich begeben haben... Volksmärchen sind aber auch keine Kindermärchen; denn ein Volk bestehet nicht aus Kindern, sondern hauptsächlich aus großen Leuten, und im gemeinen Leben pflegt man mit diesen anders zu reden als mit jenen.«

Die *Legenden von Rübezahl* sind ein Teil der *Volksmärchen der Deutschen*, die Musäus von 1782 bis 1787 in fünf Teilen herausgab. »Wenigen ist vielleicht bekannt«, erzählt Kotzebue, »daß, als er den Gedanken faßte, Volksmärchen der Deutschen zu schreiben, er wirklich eine Menge alter Weiber mit ihren Spinnrädern um sich versammelte, sich in ihre Mitte setzte und von ihnen mit ekelhafter Geschwätzigkeit vorplaudern ließ, was er hernach so reizend nachplauderte.« Er kreierte die lebendige Methode des Nacherzählens, die alle späteren Märchensammler, die Grimm, Andersen und andere, klug befolgten.

insel taschenbuch 73

Musäus

# Rübezahl

Johann Karl August Musäus

# Rübezahl

Für die Jugend
von Christian Morgenstern
Mit Illustrationen von
Max Slevogt

Insel Verlag

Mit 49 Zeichnungen von Max Slevogt

insel taschenbuch 73
Erste Auflage 1974

Der Abdruck der Zeichnungen von Max Slevogt
erfolgte mit freundlicher Genehmigung
von Frau Nina Lehmann-Slevogt

Vertrieb durch den Suhrkamp Taschenbuch Verlag
Umschlag nach Entwürfen von Willy Fleckhaus
Druck: Nomos Verlagsgesellschaft, Baden-Baden
Printed in Germany

4 5 6 7 8 – 88 87 86

# Rübezahl

# Einleitung

Zwischen den Klüften des oft besungenen Riesengebirges der Schlesier haust der Berggeist Rübezahl. Dieser Fürst der Gnomen besitzt zwar auf der Oberfläche der Erde nur ein kleines Gebiet, von wenig Meilen im Umfang, mit einer Kette von Bergen umschlossen, und teilt dies Eigentum noch mit zwei mächtigen Monarchen, die seine Mitregentenschaft nicht einmal anerkennen. Aber wenige Lachter unter der urbaren Erdrinde hebt seine Alleinherrschaft an, die kein Teilungstraktat zu schmälern vermag, und erstreckt sich auf achthundertsechzig Meilen in die Tiefe, bis zum Mittelpunkt der Erde. Zuweilen gefällt es dem unterirdischen Starosten, seine weitgedehnten Provinzen in dem Abgrunde zu durchkreuzen, die unerschöpflichen Schatzkammern edler Fälle und Flötze zu beschauen, die Knappschaft der Gnomen zu mustern und in Arbeit zu setzen. Zuweilen entschlägt er sich aller unterirdischen Regierungssorgen, erhebt sich zur Erholung auf die Grenzfeste seines Gebiets und hat sein Wesen auf dem Riesengebirge, treibt da Spiel und Spott mit den Menschenkindern wie ein froher Übermütler, der, um einmal zu lachen, seinen Nachbar zu Tode kitzelt.

Denn Freund Rübezahl, sollt Ihr wissen, ist geartet wie ein Kraftgenie, launisch, ungestüm, sonderbar; bengelhaft, roh, unbescheiden; stolz, eitel, wankelmütig, heute der wärmste Freund, morgen fremd und kalt; zuzeiten gutmütig, edel und empfindsam; aber mit sich selbst in stetem Widerspruch, albern und weise, oft weich und hart in zween Augenblicken, wie ein Ei, das in siedend Wasser fällt; schalkhaft und bieder, störrisch und beugsam; nach der Stimmung, wie ihn Humor und innerer Drang beim ersten Anblick jedes Ding ergreifen läßt.

Von Olims Zeiten her, ehe noch Japhets Nachkömmlinge so weit nordwärts gedrungen waren, daß sie diese Gegenden

wirtbar machten, tosete Rübezahl schon im wilden Gebirge, hetzte Bären und Auerochsen aneinander, daß sie zusammen kämpften, oder scheuchte mit grausendem Getöse das scheue Wild vor sich her und stürzte es von den steilen Felsenklippen hinab ins tiefe Tal. Dieser Jagden müde, zog er wieder seine Ehrichsstraße durch die Regionen der Unterwelt und weilte da Jahrhunderte, bis ihn von neuem die Lust anwandelte, sich an die Sonne zu legen und des Anblicks der äußeren Schöpfung zu genießen. Wie nahm's ihn wunder, als er einst bei seiner Rückkehr, von dem beschneiten Gipfel des Riesengebirges umherschauend, die Gegend ganz verändert fand! Die düsteren undurchdringlichen Wälder waren ausgehauen und in fruchtbares Ackerfeld verwandelt, wo reiche Ernten reiften. Zwischen den Pflanzungen blühender Obstbäume ragten die Strohdächer geselliger Dörfer hervor, aus deren Schlot friedlicher Hausrauch in die Luft wirbelte; hier und da stand eine einsame Warte auf dem Abhang eines Berges zu Schutz und Schirm des Landes; in den blumenreichen Auen weideten Schafe und Hornvieh, und aus den lichten Hainen tönten melodische Schalmeien.

Die Neuheit der Sache und die Annehmlichkeit des ersten Anblicks ergötzten den verwunderten Gebietsherrn so sehr, daß er über die eigenmächtigen Pflanzer, die ohne seine Vergünstigung hier wirtschafteten, nicht unwillig ward, noch in ihrem Tun und Wesen sie zu stören begehrte, sondern sie so ruhig im Besitz ihres angemaßten Eigentums ließ, wie ein gutmütiger Hausvater der geselligen Schwalbe oder selbst dem überlästigen Spatz unter seinem Obdach Aufenthalt gestattet. Sogar ward er Sinnes, mit den Menschen Bekanntschaft zu machen, ihre Art und Natur zu erforschen und mit ihnen Umgang zu pflegen. Er nahm die Gestalt eines rüstigen Ackerknechtes an und verdung sich bei dem ersten besten Landwirt der Arbeit. Alles was er unternahm, gedieh wohl unter seiner Hand, und Rips, der Ackerknecht, war für den besten Arbeiter im Dorfe bekannt. Aber sein Brotherr war ein Prasser und Schlemmer, der den Erwerb des treuen Knechts verschwendete und ihm seine Mühe und Arbeit wenig Dank wußte; darum schied er von ihm und kam zu dessen Nachbar, der ihm seine Schafherde untergab; er wartete dieser fleißig, trieb sie in Einöden und auf steile Berge, wo gesunde Kräuter wuchsen. Die Herde gedieh gleichfalls unter seiner Hand und mehrte sich, kein Schaf stürzte vom Felsen herab das Genicke, und keins zerriß der Wolf. Aber sein Brotherr war ein karger Filz, der seinen treuen Knecht nicht lohnte, wie er sollte; denn er stahl den besten Widder aus der Herde und kürzte dafür das Hirtenlohn. Darum entlief er

dem Geizhals und diente dem Richter als Herrenknecht, ward die Geißel der Diebe und frönte der Justiz mit strengem Eifer. Aber der Richter war ein ungerechter Mann, beugte das Recht, richtete nach Gunst und spottete der Gesetze. Weil Rips nun nicht das Werkzeug der Ungerechtigkeit sein wollte, sagte er dem Richter den Dienst auf und ward in den Kerker geworfen, aus welchem er jedoch auf dem gewöhnlichen Wege der Geister, durchs Schlüsselloch, leicht einen Ausgang fand.

Dieser erste Versuch, das Studium der Menschenkunde zu treiben, konnte ihn unmöglich zur Menschenliebe erwärmen; er kehrte mit Verdruß auf seine Felsenzinne zurück, überschaute von da die lachenden Gefilde, welche der menschliche Gewerbefleiß verschönert hatte, und wunderte sich, daß die Mutter Natur ihre Spenden an solche Bastardbrut verlieh. Demungeachtet wagte er noch eine Ausflucht ins Land, und schlich unsichtbar herab ins Tal.

## Erste Legende

Einst lauschte Rübezahl in Busch und Hecken. Da stand vor ihm die Gestalt eines Mädchens, lieblich anzuschauen, wie die Mediceische Venus; denn sie stieg eben ins Bad. Rings um sie hatten sich ihre Gespielinnen ins Gras gelagert an einem Wasserfall, der seine Silberflut in ein kunstloses Becken goß, scherzten und koseten mit ihrer Gebieterin in unschuldsvoller Fröhlichkeit. Dieser Anblick wirkte so wundersam auf den lauschenden Berggeist, daß er schier seiner geistigen Natur und Eigenschaft vergaß und sich das Los der Sterblichkeit wünschte. Dann aber verwandelte er sich in einen schwarzen Kolkraben und schwang sich auf einen hohen Eschenbaum, der das Bad überschattete, des anmutsvollen Schauspiels zu genießen. Doch dieser Fund war nicht zum besten ausgedacht; er sah alles mit Rabenaugen und empfand als Rabe; so daß jetzt ein Nest Waldmäuse für ihn mehr Anziehendes hatte als die badende Nymphe.

Diese Bemerkung war nicht so bald gemacht, als der Fehler auch verbessert war; der Rabe flog ins Gebüsche und gestaltete sich in einen blühenden Jüngling um. Das war der rechte

Weg. Es erwachten Gefühle in seiner Brust, davon er seit seiner Existenz noch nichts geahnt hatte. Ein unwiderstehlicher Trieb zog ihn mechanisch nach dem Wasserfalle hin, und doch fand er in sich eine gewisse Scheu, durchs Gesträuch hervorzubrechen, durch welches sein Auge gleichwohl eine verstohlene Aussicht auszuspähen strebte.

Die Schöne war die Tochter des schlesischen Königs, der in der Gegend des Riesengebirges damals herrschte. Sie pflegte oft mit den Jungfrauen ihres Hofes in den Hainen und Büschen des Gebirgs zu lustwandeln, Blumen und Wohlgeruch duftende Kräuter zu sammeln, oder für die Tafel ihres Vaters in jenem genügsamen Zeitalter ein Körbchen Waldkirschen oder Erdbeeren zu pflücken und, wenn der Tag heiß war, sich bei der Felsenquelle am Wasserfalle zu erfrischen und darin zu baden. Von jeher scheinen die Bäder der Tummelplatz artiger Abenteuer gewesen zu sein, und in diesem Rufe stehen sie noch bis auf den heutigen Tag. Das Bad im Riesengebirge veranlaßte wenigstens die wunderliche Liebesgeschichte zwischen einem Gnomen und einem sterblichen Mädchen. Von diesem Augenblicke an bannte die Liebe durch ihren Zauber den Berggeist an diesen Platz, den er nicht mehr verließ, und täglich der Wiederkehr der reizenden Badegesellschaft mit Ungeduld entgegenharrte.

Die junge Königstochter zögerte lange; doch in der Mittagsstunde eines schwülen Sommertags besuchte sie wieder mit ihrem Gefolge die kühlen Schatten am Wasserfalle. Ihre Bewunderung ging über alles, da sie den Ort ganz verändert fand; die rohen Felsen waren mit Marmor und Alabaster bekleidet, das Wasser stürzte nicht mehr in einem wilden Strom von der steilen Bergwand, sondern rauschte, durch viele Abstufungen gebrochen, mit sanftem Gemurmel in ein weites Marmorbecken herunter, aus desen Mitte ein rascher Wasserstrahl emporstrebte und, in einen dichten Platzregen verwandelt, den ein laues Lüftchen bald auf diese bald auf jene

Seite warf, in den Wasserbehälter zurückplätscherte. Maßlieben, Zeitlosen und das Blümlein Vergißmeinnicht blühten an dessen Rande, Rosenhecken, mit wildem Jasmin und Silberblüten vermengt, zogen sich in einiger Entfernung umher und bildeten das angenehmste Luststück. Rechts und links der Kaskade öffnete sich der doppelte Eingang einer prächtigen Grotte, deren Wände und Bogengewölbe in Mosaikbekleidung prangten, von farbigen Erzstufen, Bergkristall und Frauenglas, alles funkelnd und flimmernd, daß der Abglanz davon das Auge blendete. In verschiedenen Nischen waren die niedlichsten Erfrischungen aufgetischt, deren Anblick zum Genuß einladete.

Die Prinzessin stand lange in stummer Bewunderung da, wußte nicht, ob sie ihren Augen trauen, diesen bezauberten Ort betreten oder fliehen sollte. Aber sie konnte der Begierde nicht widerstehen, alles zu beschauen und von den herrlichen Früchten zu kosten, die für sie aufgetragen zu sein schienen. Nachdem sie mit ihrem Gefolge in diesem kleinen Tempel sich sattsam erlustigt und alles fleißig durchgemustert hatte, lüstete ihr, in dem Bassin zu baden.

Kaum aber war die liebliche Nymphe über den glatten Rand des Marmorbeckens hinabgeschlüpft, so sank sie in eine endlose Tiefe, obgleich der betrügliche Silberkies, der aus dem seichten Grunde hervorschien, keine Gefahr vermuten ließ. Schneller als die herzueilenden Jungfrauen das goldgelbe Haar der blonden Gebieterin erfassen konnten, hatte die gefräßige Flut sie schon verschlungen. Laut ließ die bange Schar der erschrockenen Mädchen Klage, Ach und Weh erschallen, als ihr Fräulein vor ihren Augen dahinschwand; sie rangen und wanden die schneeweißen Hände, flehten vergebens um Erbarmung und liefen ängstlich am marmornen Gestade hin und wieder, indes das Springwasser recht geflissentlich sie mit einem Platzregen nach dem andern übergoß. Doch wagte es keine, der Entschwommenen nachzuspringen, außer Brinhild, ihre liebste Gespielin, die nicht säumte, in den bodenlosen Strudel sich zu stürzen, gleiches Schicksal mit ihrem geliebten Fräulein erwartend. Aber sie schwamm als ein leichter Kork auf dem Wasser, und alles Bestrebens ungeachtet war sie nicht vermögend unterzutauchen.

Hier war kein anderer Rat, als dem Könige die traurige Begebenheit mit seiner Tochter zu hinterbringen. Wehklagend begegneten ihm die zagenden Dienerinnen, da er eben mit

seinen Jägern zu Walde zog. Der König zerriß sein Kleid vor Betrübnis und Entsetzen, nahm die goldene Krone vom Haupte, verhüllte sein Angesicht mit dem Purpurmantel, weinte und stöhnte laut über den Verlust der schönen Emma.

Nachdem er der Vaterliebe den ersten Tränenzoll entrichtet hatte, stärkte er seinen Mut und eilte, das Abenteuer am Wasserfalle selbst zu beschauen. Aber der angenehme Zauber war verschwunden, die rohe Natur stand wieder da in ihrer vorigen Wildheit; da war keine Grotte, kein Marmorbad, kein Rosengehege, keine Jasminlaube. Dem guten König ahnte zum Glück nichts von einer Entführung seiner Tochter durch irgendeinen irrenden Ritter, denn Entführungen waren damals noch nicht Sitte im Lande; also erpreßte er von den Dienerinnen weder durch Drohungen noch Folter ein Geständnis von dem plötzlichen Verschwinden der Prinzessin, das glaubwürdiger gewesen wäre als die Wahrheit. Vielmehr nahm er ihren Bericht auf Treu und Glauben an und meinte, Thor oder Wodan oder sonst einer der Götter sei bei dieser wundersamen Begebenheit mit im Spiel gewesen, setzte darauf die Jagdpartie fort und tröstete sich bald über seinen Verlust; denn die Erdenkönige fühlen eigentlich keinen Kummer als den Verlust ihrer Krone.

Unterdessen befand sich die liebreizende Emma in den Armen ihres Liebhabers nicht übel. Unser Berggeist hatte sie durch das Gaukelspiel einer Versenkung nur den Augen ihres Gefolges entzogen und führte sie durch einen unterirdischen Weg in einen prächtigen Palast, mit welchem die väterliche Residenz nicht verglichen werden konnte. Als sich die Lebensgeister der Prinzessin wieder erholt hatten, befand sie sich auf einem gemächlichen Sofa, angetan mit einem Gewand von rosafarbenem Satin und einem jungfräulichen Gürtel von himmelblauer Seide. Ein junger Mann von anlockenden Gesichtszügen lag zu ihren Füßen und tat ihr mit dem wärmsten Gefühl das Geständnis der Liebe, welches sie

mit schamhaftem Erröten annahm. Der entzückte Gnome unterrichtete sie hierauf von seinem Stand und seiner Herkunft, von den unterirdischen Staaten, die er beherrschte, führte sie durch die Zimmer und Säle des Schlosses und zeigte ihr alle Pracht und Reichtum desselben. Ein herrlicher Lustgarten umgab das Schloß von drei Seiten, der mit seinen Blumenstücken und Rasenplätzen, auf deren grünlicher Fläche ein kühler Schatten schwamm, dem Fräulein vornehmlich zu behagen schien. Alle Obstbäume trugen purpurrote, mit Gold gesprenkelte oder zur Hälfte übergüldete Äpfel. Das Gebüsch war mit Singvögeln angefüllt, die ihre hundertstimmigen Sinfonien hervortönten. In den traulichen Bogengängen lustwandelte das Paar und sah zuzeiten in den Mond. Sein Blick hing an ihren Lippen, und sein Ohr trank gierig die sanften Töne aus ihrem melodischen Munde; jedes Wort ging ihm glatt ein wie Honigseim; in einem äonenlangen Leben hatte er dergleichen selige Stunden noch nie genossen, als ihm jetzt die erste Liebe gab.

Nicht gleiches Wonnegefühl empfand die reizende Emma. Ein gewisser Trübsinn hing über ihrer Stirn, und sanfte Schwermut offenbarte allgenugsam, daß geheime Wünsche in ihrem Herzen verborgen lagen, die nicht völlig mit den seinigen übereinstimmten. Er machte gar bald diese Entdeckung und bestrebte sich, durch tausend Liebkosungen diese Wolken zu zerstreuen und die Schöne aufzuheitern; wiewohl vergebens. Der Mensch, dachte er bei sich selbst, ist ein geselliges Tier wie die Biene und die Ameise; der schönen Sterblichen gebricht's an Unterhaltung. Wem soll sich

Madame mitteilen? für wen ihren Putz ordnen? mit wem darüber zu Rate gehen, und was soll ihre Eitelkeit nähren? Flugs ging er hinaus ins Feld, zog auf einem Acker ein Dutzend Rüben aus, legte sie in einen zierlich geflochtenen Deckelkorb und brachte diesen der schönen Emma, die melancholisch einsam in der beschatteten Laube eine Rose entblätterte. »Schönste der Erdentöchter«, redete sie der Gnome an, »verbanne allen Trübsinn aus deiner Seele und öffne dein Herz der geselligen Freude; du sollst nicht mehr die Einsamtrauernde in meiner Wohnung sein. In diesem Korbe ist alles, was du bedarfst, diesen Aufenthalt dir angenehm zu machen. Nimm den kleinen buntgeschälten Stab und gib durch die Berührung mit demselben den Erdgewächsen im Korbe die Gestalten, welche dir gefallen.«

Hierauf verließ er die Prinzessin, und sie weilte keinen Augenblick, mit dem Zauberstabe laut Angabe zu verfahren, nachdem sie den Deckelkorb eröffnet hatte. »Brinhild,« rief sie, »liebe Brindhild, erscheine!« Und Brinhild lag zu ihren Füßen, umfaßte die Knie ihrer Gebieterin und benetzte ihren Schoß mit Freudenzähren, liebkoste sie freundlich, wie sie sonst zu tun pflegte. Die Täuschung war so vollkommen, daß Fräulein Emma selbst nicht wußte, wie sie mit ihrer Schöpfung dran war: ob sie die wahre Brinhild hergezaubert

hatte oder ob ein Blendwerk das Auge betrog. Sie überließ sich indessen ganz den Empfindungen der Freude, ihre liebste Gespielin um sich zu haben, lustwandelte mit ihr Hand in Hand im Garten umher, ließ sie dessen herrliche Anlagen bewundern und pflückte ihr goldgesprenkelte Äpfel von den Bäumen. Hierauf führte sie ihre Freundin durch alle Zimmer im Palast bis in die Kleiderkammer, wo ihr weiblicher Geist so viel Nahrung fand, daß sie bis zu Sonnenuntergang darin verweilten. Alle Schleier, Gürtel, Ohrenspangen wurden gemustert und anprobiert. Die scheinbare Brinhild wußte sich dabei so gut zu benehmen und zeigte so viel Geschmack in der Wahl und Anordnung des weiblichen Putzes, daß, wenn sie ihrer Natur und Wesen nach nichts als eine Rübe war, ihr wenigstens niemand den Ruhm absprechen konnte, die Krone ihres Geschlechts zu sein.

Der spähende Gnome war entzückt über den Tiefblick, den er in das weibliche Herz getan zu haben vermeinte, und freute sich über den guten Fortgang in der Menschenkunde. Die schöne Emma dünkte ihm jetzt schöner, freundlicher und heiterer zu sein als jemals. Sie unterließ nicht, ihren ganzen Rübenvorrat mit dem Zauberstabe zu beleben, gab ihnen die Gestalt der Jungfrauen, die ihr vordem aufzuwarten pflegten, und weil noch zwei Rüben übrig waren, bildete sie die eine zu einer Zyperkatze um und aus der andern schuf sie einen niedlichen hüpfenden Beni. Sie richtete nun ihren Hofstaat wieder ein, teilte einer jeden der aufwartenden Jungfrauen ein gewisses Geschäfte zu, und nie wurde eine Herrschaft besser bedient; das Gesinde kam ihren Wünschen zuvor, gehorchte auf den Wink und vollstreckte ihre Befehle ohne den mindesten Widerspruch. Einige Wochen lang genoß sie die Wonne des gesellschaftlichen Vergnügens ungestört, Reihentänze, Sang und Saitenspiel wechselten vom Morgen bis zum Abend; nur merkte das Fräulein nach Verlauf einiger Zeit, daß die frische Gesichtsfarbe ihrer Gesellschafterinnen etwas abbleichte, der Spiegel im Marmorsaal ließ sie zuerst bemerken, daß sie allein wie eine Rose aus der Knospe frisch hervorblühte, da die geliebte Brinhild und die übrigen Jungfrauen welkenden Blumen glichen; gleichwohl versicherten sie alle, daß sie sich wohl befänden, und der freigebige Gnome ließ sie an seiner Tafel auch keinen Mangel leiden. Dennoch zehrten sie sichtbarlich ab, Leben und Tätigkeit schwand von Tag zu Tag mehr dahin und alles Jugendfeuer erlosch.

Als die Prinzessin an eiem heitern Morgen, durch gesunden Schlaf gestärkt, fröhlich ins Gesellschaftszimmer trat, wie schauderte sie zurück, da ihr ein Haufen eingeschrumpfter Matronen an Stäben und Krücken entgegenzitterte, mit Dumpf- und Keuchhusten balden, unvermögend sich aufrechtzuerhalten. Der schäkernde Beni hatte alle viere von sich gestreckt, und der schmeichelnde Zyper konnte sich vor Kraftlosigkeit kaum noch regen und bewegen. Bestürzt eilte die Prinzessin aus dem Zimmer, der schaudervollen Gesellschaft zu entfliehen, trat hinaus auf den Söller des Portals und rief laut den Gnomen, welcher alsbald in demütiger Stellung auf ihr Geheiß erschien. »Boshafter Geist«, redete sie ihn zornmütig an, »warum mißgönnst du mir die einzige Freude meines harmvollen Lebens, die Schattengesellschaft meiner

ehemaligen Gespielinnen? Ist diese Einöde nicht genug, mich zu quälen, willst du sie noch in ein Spital verwandeln? Augenblicklich gib meinen Dienerinnen Jugend und Wohlgestalt wieder, oder Haß und Verachtung soll deinen Frevel rächen.« »Schönste der Erdentöchter«, gegenredete der Gnome, »zürne nicht über die Gebühr! Alles, was in meiner Gewalt ist, steht in deiner Hand; aber das Unmögliche fordere nicht von mir. Die Kräfte der Natur gehorchen mir, doch vermag ich nichts gegen ihre unwandelbaren Gesetze. Solange treibende Kraft in den Rüben war, konnte der magische Stab ihr Pflanzenleben nach deinem Gefallen verwandeln; aber ihre Säfte sind nun vertrocknet, und ihr Wesen neigt sich nach der Zerstörung hin. Jedoch, das soll dich nicht kümmern, Geliebte, ein frischgefüllter Deckelkorb kann den Schaden leicht ersetzen; du wirst daraus alle die Gestalten wieder hervorrufen, die du begehrst. Gib jetzt der Mutter Natur ihre Geschenke zurück, die dich so angenehm unterhalten haben; auf dem großen Rasenplatze im Garten wirst du bessere Gesellschaft finden.« Der Gnome entfernte sich darauf, und Fräulein Emma nahm ihren buntgeschälten Stab zur Hand, berührte damit die gerunzelten Weiber, las die eingeschrumpften Rüben zusammen, und tat damit, was Kinder, die eines Spielzeugs müde sind, zu tun pflegen: sie warf den Plunder ins Kehricht und dachte nicht mehr daran.

Leichtfüßig hüpfte sie nun über die grünen Matten dahin, den frischgefüllten Deckelkorb in Empfang zu nehmen, den sie gleichwohl nirgends fand. Sie ging den Garten auf und nieder, spähete fleißig umher; aber es wollte kein Korb zum Vorschein kommen. Am Traubengeländer kam ihr der Gnome entgegen mit so sichtbarer Verlegenheit, daß sie seine Bestürzung schon von ferne wahrnahm. »Du hast mich getäuscht«, sprach sie, »wo ist der Deckelkorb geblieben? Ich suche ihn schon seit einer Stunde vergebens.« »Holde Gebieterin meines Herzens  antwortete der Geist, »wirst du mir

meinen Unbedacht verzeihen? Ich versprach mehr, als ich geben konnte, ich habe das Land durchzogen, Rüben aufzusuchen, aber sie sind längst geerntet und welken in dumpfigen Kellern. Die Fluren trauern, unten im Tale ist's Winter, nur deine Gegenwart hat den Frühling an diesen Felsen gefesselt, und unter deinem Fußtritt sprossen Blumen hervor. Harre nur drei Mondenwechsel in Geduld aus, dann soll dir's nie an Gelegenheit gebrechen, mit deinen Puppen zu spielen.« Ehe noch der beredsame Gnome mit dieser Rede zu Ende war, drehte ihm seine Schöne unwillig den Rücken zu und begab sich in ihr Gemach, ohne ihn einer Antwort zu würdigen. Er aber hob sich von dannen in die nächste Marktstadt innerhalb seines Gebiets, kaufte, als ein Pachter gestaltet, einen Esel, den er mit schweren Säcken Sämerei belud, womit er einen ganzen Morgen Landes besäte. Dabei bestellte er einen seiner dienstbaren Geister als Hüter, dem er aufgab, ein unterirdisches Feuer anzuschüren, um die Saat von unten herauf mit linder Wärme zu treiben, wie Ananaspflanzen in einem Lohkasten.

Die Rübensaat schoß lustig auf und versprach in kurzer Zeit eine reiche Ernte; Fräulein Emma ging täglich hinaus auf ihr Ackerfeld, welches zu besehen sie mehr lüstete als die goldenen Äpfel, die aus dem Garten der Hesperiden in den ihrigen verpflanzt zu sein schienen. Aber Grübelei und Mißmut trübten ihre kornblumfarbenen Augen. Sie weilte am liebsten in einem düsteren, melancholischen Tannenwäldchen am Rande eines Quellbaches, der sein silberhelles Gewässer ins Tal rauschen ließ, und warf Blumen hinein, die in den Odergrund hinabflossen, und daß diese melancholische Zeitkürzung auf geheimen Liebegram deute, wissen alle, die sich auf die Symbolik der Liebe verstehen.

Der Gnome sah wohl, daß bei dem sorgfältigsten Bestreben, durch tausend kleine Gefälligkeiten sich in der schönen Emma Herz zu stehlen, ihr keine Liebe, abzugewinnen war. Demungeachtet ermüdete seine hartnäckige Geduld nicht, durch die pünktliche Erfüllung ihrer Wünsche sie auszuharren und ihren spröden Sinn zu überwinden. Aber der Neuling in der Menschenkunde hatte keine Gedanken von der wahren Ursache dieser Widerspenstigkeit seiner Herzensgebieterin; er nahm als etwas Ausgemachtes an, daß ihr Herz so frei und unbefangen sei als das seine.

Doch das war ein großer Irrtum. Ein junger Grenznachbar an den Gestaden der Oder, Fürst Ratibor, hatte ihre erste Liebe bereits davongetragen, welche, wie behauptet wird, unzerstörbarer sein soll, als das Grundwesen der vier Elemente. Schon sah das glückliche Paar dem Tage der Vollziehung ihrer Gelübde entgegen, da die Braut mit einemmal verschwand. Diese peinliche Nachricht verwandelte den liebenden Ratibor in einen rasenden Roland. Er verließ seine Residenz, zog menschenscheu in einsamen Wäldern umher und klagte den Felsen sein Unglück. Die treue Emma seufzte unterdessen ihren geheimen Gram in dem anmutigen Gefängnis aus, verschloß aber ihre Herzgefühle so fest in ihrem Busen, daß der spähende Gnome nicht enträtseln konnte, was für Empfindungen sich darin regten. Lange schon hatte sie darauf gesonnen, wie sie ihn überlisten und der lästigen Gefangenschaft entrinnen möchte. Nach mancher durchwachten Nacht sann sie endlich einen Plan aus, der des Versuchs würdig schien, ihn auszuführen.

Der Lenz kehrte in die gebirgischen Täler zurück, der Gnome ließ das unterirdische Feuer in seinem Treibhaus abgehen, und die Rüben, die durch die Einflüsse des Winters in ihrem Wachstum nicht waren gehindert worden, gediehen zur Reife. Die schlaue Emma zog täglich einige davon aus und machte damit Versuche, ihnen allerlei beliebige Gestalten zu geben, dem Anschein nach, sich damit zu belustigen; aber ihre Absicht ging weiter. Sie ließ eines Tages eine kleine Rübe zur Biene werden, um sie abzuschicken, Kundschaft von ihrem Geliebten einzuziehen. »Fleuch, liebes Bienchen, gegen Aufgang,« sprach sie, »zu Ratibor, dem Fürsten des Landes, und sumse ihm sanft ins Ohr, daß Emma noch für ihn lebt, aber eine Sklavin ist des Fürsten der Gnomen, der das Gebirge bewohnet; verlier kein Wort von diesem Gruße und bring mir Botschaft von seiner Liebe.« Die Biene flog alsbald von dem Finger ihrer Gebieterin, wohin sie beordert war; aber kaum hatte sie ihren Flug begonnen, so stach eine gierige Schwalbe auf sie herab und verschlang zum großen Leidwesens des Fräuleins die Boschafterin der Liebe mit all ihren Aufträgen. Darauf formte sie vermöge des wunderba-

ren Stabes eine Grille, lehrte ihr gleichen Spruch und Gruß. »Hüpfe, kleine Grille, über das Gebirge zu Ratibor, dem Fürsten des Landes, und zirpe ihm ins Ohr, die getreue Emma begehre Entledigung ihrer Banden durch seinen starken Arm.« Die Grille flog und hüpfte so schnell, als sie konnte, auszurichten, was ihr befohlen war; aber ein langbeiniger Storch promenierte eben an dem Wege, darauf die Zirpe zog, erfaßte sie mit seinem langen Schnabel und begrub sie in das Verließ seines weiten Kropfes.

Diese mißlungenen Versuche schreckten die entschlossene Emma nicht ab, einen neuen zu wagen; sie gab der dritten Rübe die Gestalt einer Elster. »Schwanke hin, beredsamer Vogel,« sprach sie, »von Baum zu Baum, bis du gelangst zu Ratibor, meinem Verlobten, sag ihm an meine Gefangenschaft und gib ihm Bescheid, daß er meiner harre mit Roß und Mann, den dritten Tag von heute, an der Grenze des Gebirges im Maientale, bereit, den Flüchtling aufzunehmen, der seine Ketten zu zerbrechen wagt und Schutz von ihm begehrt.« Die zwiefarbige Elster gehorchte, flatterte von einem Ruheplatze zum andern, und die sorgsame Emma begleitete ihren Flug, so weit das Auge trug. Der harmvolle Ratibor irrte noch immer melancholisch in den Wäldern herum; die Rückkehr des Lenzes und die wiederauflebende Natur hatten seinen Kummer nur gemehrt. Er saß unter einer schattenreichen Eiche, dachte an seine Prinzessin, und er seufzte laut: Emma! Alsbald gab das vielstimmige Echo ihm diesen geliebten Namen schmeichelhaft zurück; aber zugleich rief auch eine unbekannte Stimme den seinigen aus. Er horchte hoch auf, sah niemand, wähnte eine Täuschung und hörte den nämlichen Ruf wiederholen. Kurz darauf erblickte er eine Elster, die auf den Zweigen hin und wider flog, und ward inne, daß der gelehrige Vogel ihn beim Namen rief. »Armer Schwätzer«, sprach er, »wer hat dich gelehrt, diesen Namen auszusprechen, der einem Unglücklichen zugehört,

welcher wünscht, von der Erde vertilgt zu sein wie sein Gedächtnis?« Hierauf faßte er wütig einen Stein und wollte ihn nach dem Vogel schleudern, als dieser den Namen Emma hören ließ. Dieser Talisman entkräftete den Arm des Prinzen, frohes Entzücken durchschauerte alle seine Glieder, und in seiner Seele bebte es leise nach: Emma! Aber der Sprecher auf dem Baume begann mit der dem Elsterngeschlechte eignen Wohlredenheit den Spruch, der ihm gelehrt war. Fürst Ratibor vernahm nicht so bald diese fröhliche Botschaft, so ward's hell in seiner Seele; der tödliche Gram, der die Sinne umnebelt und die Kraft der Nerven erschlafft hatte, verschwand; er kam wieder zu Gefühl und Besinnung und forschte nach den Schicksalen der holden Emma; aber die gesprächige Elster konnte nichts als mechanisch ihre Lektion ohne aufhören wiederholen und flatterte davon. Schnellfüßig eilte der auflebende Fürst zu seinem Hoflager zurück, rüstet eilig das Geschwader der Reisigen, saß auf und zog mit ihnen hinaus, das Abenteuer zu bestehen.

Fräulein Emma hatte unterdessen mit weiblicher Schlauheit alles vorbereitet, ihr Vorhaben auszuführen. Sie ließ ab, den duldsamen Gnomen mit tötendem Kaltsinn zu quälen, ihr Auge sprach Hoffnung, und ihr spröder Sinn schien beugsamer zu werden. Solche glücklichen Anzeichen läßt ein seufzender Liebhaber nicht leicht ungenützt. Ein holdseliger Blick, eine freundliche Miene, ein bedeutsames Lächeln setzen sein entzündbares Wesen in volle Flammen. Er wurde dreister, erneuerte sein Liebeswerben, das lange geruht hatte, bat um Erhörung und wurde nicht zurückgewiesen. Die Hochzeit war so gut als beschlossen; das Fräulein begehrte nur noch einen Tag Bedenkzeit, welchen ihr der wonnetrunkene Gnome bereitwillig zugestand.

Den folgenden Morgen, kurz nach Sonnenaufgang, trat die schöne Emma geschmückt wie eine Braut hervor, mit allem Geschmeide belastet, das sie in ihrem Schmuckkästlein gefunden hatte. Ihr blondes Haar war in einen Knoten geschürzt, welchen eine Myrtenkrone überschattete; der Besatz ihres Kleides flinkerte von Juwelen, und da ihr der harrende Gnome auf der großen Terrasse im Lustgarten entgegenwandelte, bedeckte sie züchtiglich mit dem Ende des Schleiers ihr schamhaftes Angesicht. »Himmlisches Mädchen«, stammelte er ihr entgegen, »laß mich die Seligkeit der Liebe aus deinen Augen trinken und weigere mir nicht länger den bejahenden Blick, der mich zum glücklichsten Wesen macht, das jemals die rote Morgensonne bestrahlt hat!« Hierauf wollte er ihr Antlitz enthüllen, um sein Glück aus ihren Augen zu lesen; denn er erdreistete sich nicht, ein mündliches Geständnis von ihr zu erpressen. Das Fräulein aber machte ihre Schleierwolke noch dichter um sich her und sprach gar bescheidentlich also: »Vermag eine Sterbliche dir zu widerstehen, Gebieter meines Herzens? Deine Standhaftigkeit hat obgesiegt. Nimm dies Geständnis von meinen Lippen; aber laß mein Erröten und meine Tränen diesen Schleier auffassen.« »Warum Tränen, o Geliebte?« fiel der beunruhigte Geist ihr ein, »jede deiner Tränen fällt wie ein brennender Tropfen mir aufs Herz, ich heische Lieb' um Liebe und will nicht Aufopferung.« »Ach«, erwiderte Emma, »warum mißdeutest du meine Tränen? mein Herz lohnt deiner Zärtlichkeit; aber bange Ahnung zerreißt meine Seele. Du alterst nimmer; aber meine irdische Schönheit ist eine Blume, die bald dahinwelkt. Woran soll ich erkennen, daß du der zärtliche, liebevolle, gefällige, duldsame Gemahl sein werdest, wie du als Liebhaber warest?« Er antwortete: »Fordere einen Beweis meiner Treue oder des Gehorsams in Ausrichtung deiner Befehle, oder stelle meine Geduld auf die Probe und urteile daraus von der Stärke meiner unwandelbaren Liebe.« »Es sei also!« beschloß die schlaue Emma, »ich heische nur einen Beweis deiner Gefälligkeit. Gehe hin und zähle die Rüben alle auf dem Acker; mein Hochzeittag soll nicht ohne Zeugen sein, ich will sie beleben, damit sie mir zu Kränzeljungfrauen dienen; aber hüte dich, mich zu täuschen und verzähle dich nicht um eine, denn das ist die Probe, woran ich deine Treue prüfen will.«

So ungern sich der Gnome in diesem Augenblick von seiner reizenden Braut schied, so gehorchte er doch sonder Verzug, machte sich rasch an seine Geschäfte und hüpfte hurtig unter den Rüben herum. Er war durch diese Geschäftigkeit mit seinem Additionsexempel bald zustande; doch um der Sache recht gewiß zu sein, wiederholte er die Zählung nochmals und fand zu seinem Verdruß einen Fehler in der Rechnung, welcher ihn nötigte, zum drittenmal den

Rübenpöbel durchzumustern. Aber auch diesmal ergab sich eine andere Zahl, und das war eben nicht zu verwundern; denn an einem solchen Tage kann der geordnete Hirnkasten in Verwirrung geraten.

Die verschmitzte Emma hatte ihren Ritter nicht so bald aus den Augen verloren, als sie zur Flucht Anstalt machte. Sie hielt eine saftvolle, wohlgenährte Rübe in Bereitschaft, welche sie flugs in ein mutiges Roß mit Sattel und Zeug verwandelte. Rasch schwang sie sich in den Sattel, flog über die Heiden und Steppen des Gebirges dahin, und der flüchtige Renner wiegte sie, ohne zu straucheln, auf seinem sanften Rücken hinab ins Maiental, wo sie dem geliebten Ratibor, der der Kommenden ängstlich entgegenharrte, sich fröhlich in die Arme warf.

Der geschäftige Gnome hatte sich indessen so in seine Zahlen vertieft, daß er von dem, was um und neben ihm geschah, wenig wußte. Nach langer Mühe und Anstrengung seiner Geisteskraft war's ihm endlich gelungen, die wahre Zahl aller Rüben auf dem Ackerfelde, klein und groß mit eingerechnet, gefunden zu haben. Er eilte nun froh zurück, sie seiner Herzensgebieterin gewissenhaft zu berechnen und durch die pünktliche Erfüllung ihrer Befehle sie zu überzeugen, daß er ihr der gefälligste und unterwürfigste Gemahl sein werde. Mit Selbstzufriedenheit trat er auf den Rasenplatz; aber da fand er nicht, was er suchte; er lief durch die bedeckten Lauben und Gänge; auch da war nicht, was er begehrte; er kam in den Palast, durchspähte alle Winkel desselben, rief den holden Namen Emma aus, den ihm die einsamen Hallen zurücktönten, begehrte einen Laut von dem geliebten Munde; doch da war weder Stimme noch Rede. Das fiel ihm auf, er merkte Unrat; flugs warf er die Verwandlung ab, wie ein träger Ratsherr seinen Schlafrock, wenn vom Turme der Feuerwächter Lärm bläst, schwang sich hoch in die Luft und sah den geliebten Flüchtling in der Ferne, als eben der rasche

Gaul über die Grenze setzte. Wütend ballte der ergrimmte Geist ein paar friedlich vorüberziehende Wolken zusammen und schleuderte einen kräftigen Blitz der Fliehenden nach, der eine tausendjährige Grenzeiche zersplitterte; aber jenseits derselben war des Gnomen Rache unkräftig, und die Donnerwolke zerfloß in einen sanften Heiderauch.

Nachdem er die oberen Luftregionen verzweiflungsvoll durchkreuzt, seine unglückliche Liebe den vier Winden geklagt und seine stürmende Leidenschaft ausgetobt hatte, kehrte er trübsinnig in den Palast zurück, schlich durch alle Gemächer und erfüllte sie mit Seufzen und Stöhnen. Nachher besuchte er noch einmal den Lustgarten, doch diese ganze Zauberschöpfung hatte keinen Reiz mehr für ihn; ein einziger Fußtapfen der geliebten Ungetreuen, in den Sand gedrückt, welchen er bemerkte, beschäftigte seine Aufmerksamkeit mehr als alle goldenen Äpfel an den Bäumen. Er erinnerte sich jedes Platzes, wo sie vormals ging und stand, wo sie Blumen gepflückt oder ausgezupft, wo er sie oft unsichtbar belauscht, oft, mit der körperlichen Hülle umgeben, trauliche Unterredungen mit ihr gepflogen hatte. Alles das würgte und knotete ihn so zusammen, preßte und drückte ihn dergestalt, daß er unter der Last seiner Gefühle in dumpfes Hinbrüten versank. Bald hernach brach sein Unmut in gräßliche Verwünschungen aus, und er vermaß sich höchlich, der Menschenkenntnis ganz zu entsagen und von diesem argen betrüglichen Geschlechte fürohin keine weitere Notiz zu nehmen. In dieser Entschließung stampfte er dreimal auf die Erde, und der ganze Zauberpalast mit all seiner Herrlichkeit kehrte in sein ursprüngliches Nichts zurück. Der Abgrund aber sperrte seinen weiten Rachen auf, und der Gnome fuhr hinab in die Tiefe, bis an die entgegengesetzte Grenze seines Gebietes, in den Mittelpunk der Erde.

Während dieser Katastrophe im Gebirge war Fürst Ratibor geschäftig, seine herrliche Beute in Sicherheit zu bringen, führte die schöne Emma an den Hof ihres Vaters zurück, vollzog daselbst seine Vermählung, teilte mit ihr den Thron seines Erbes und erbaute die Stadt Ratibor, die noch seinen Namen trägt bis auf diesen Tag. Das sonderbare Abenteuer der Prinzessin, das ihr auf dem Riesengebirge begegnet war, ihre kühne Flucht und glückliche Entrinnung wurde das Märchen des Landes, und pflanzte sich von Geschlecht zu Geschlecht fort bis in die entferntesten Zeiten, die Inwohner aber der umliegenden Gegenden, die den Nachbar Berggeist bei seinem Geisternamen nicht zu nennen wußten, legten ihm einen Spottnamen auf, und riefen ihn Rübenzähler oder kurzweg Rübezahl.

## Zweite Legende

Der unmutsvolle Gnome verließ die Oberwelt mit dem Entschluß, nie wieder das Tageslicht zu schauen; doch die wohltätige Zeit verwischte nach und nach die Eindrücke seines Grams; gleichwohl erforderte es einen Zeitraum von neunhundertneunundneunzig Jahren, ehe die alte Wunde ausheilte. Endlich da ihn die Beschwerde der Langweile drückte und er einstmals sehr übel aufgeräumt war, brachte sein Hofschalksnarr in der Unterwelt, ein drolliger Kobold, eine Lustpartie aufs Riesengebirge in Vorschlag, welchen Seine Herrlichkeit anzunehmen nicht ermangelte. Es brauchte nicht mehr als den Zeitblick einer Minute, so war die weite Reise vollendet, und er befand sich mitten auf dem großen Rasenplatze seines ehemaligen Lustgartens, dem er nebst dem übrigen Zubehör die vorige Gestalt gab; doch blieb alles für menschliche Augen verborgen; die Wanderer, die übers Gebirge zogen, sahen nichts als eine fürchterliche Wildnis.

Beim Anblick all dieser Dinge, die er ehemals in einem rosenfarbenen Lichte schimmern sah, erneuerte sich ihm die ganze Vergangenheit, und ihm dünkte, die Geschichte mit der schönen Emma sei erst seit ehegestern vorgefallen; ihr Bild schwebte ihm noch so deutlich vor, als stünde sie neben ihm. Aber die Erinnerung, wie sie ihn überlistet und hintergangen hatte, machte seinen Groll gegen die ganze Menschheit wieder rege. »Unseliges Erdengewürm«, rief er aus, indem er aufschaute, und vom hohen Gebirge die Türme der Kirchen und Klöster in Städten und Flecken erblickte, »treibst, sehe ich, dein Wesen noch immer unten im Tale. Hast mich baß geäfft durch Tücke und Ränke, sollst mir nun büßen; will dich auch hetzen und wohl plagen, daß dir soll bange werden vor dem Treiben des Geistes im Gebirge.«

Kaum hatte er dies Wort gesagt, so vernahm er in der Ferne Menschenstimmen. Drei junge Gesellen wanderten durchs Gebirge, und der keckste unter ihnen rief ohne Unterlaß: »Rübezahl, komm herab! Rübezahl, Mädchendieb!« Von undenklichen Jahren her hatte die Lästerchronik die Liebesgeschichte des Berggeistes in mündlichen Überlieferungen getreulich aufbewahrt, sie wie gewöhnlich mit lügenhaften Zusätzen vermehrt, und jeder Reisende, der das Riesengebirge betrat, unterhielt sich mit seinem Gefährten von den Abenteuern desselben. Man trug sich mit unzähligen Spukhistörchen, die sich niemals begeben hatten, machte damit zaghafte Wanderer fürchten, und Witzlinge, die am hellen Tage und in zahlreicher Gesellschaft keine Gespenster glauben und sich darüber lustig machen, pflegten aus Übermut, oder um ihre Herzhaftigkeit zu beweisen, den Geist oft zu beschwören, aus Schäkerei bei seinem Spottnamen zu rufen und auf ihn zu schimpfen. Man hat nie gehört, daß dergleichen Beleidigungen von dem friedsamen Berggeiste wären gerügt worden; denn in den Tiefen des Abgrundes erfuhr er von diesem mutwilligen Hohn kein Wort. Desto mehr war er betroffen, da er sein ganzes Unglück jetzt so kurz und bündig ausrufen hörte. Wie der Sturmwind raste er durch den düsteren Fichtenwald und war schon im Begriff, den armen Tropf, der sich ohne Absicht über ihn lustig gemacht hatte, zu erdrosseln, als er in dem Augenblick gedachte, daß eine so exemplarische Rache großes Geschrei im Lande erregen, alle Wanderer aus dem Gebirge wegbannen und ihm die Gelegenheit rauben würde, sein Spiel mit den Menschen zu treiben. Darum ließ er ihn nebst seinen Gefährten geruhig ihre Straße ziehen, mit dem Vorbehalt, seinen verübten Mutwillen ihm doch nicht ungenossen hingehen zu lassen.

Auf dem nächsten Scheidewege trennte sich der Hohnsprecher von seinen beiden Kameraden und gelangte diesmal mit heiler Haut in Hirschberg, seiner Heimat, an. Aber der unsichtbare Geleitsmann war ihm bis zur Herberge gefolgt, um ihn zu gelegener Zeit dort zu finden. Jetzt trat er seinen Rückweg ins Gebirge an und sann auf Mittel, sich zu rächen. Von ohngefähr begegnete ihm auf der Landstraße ein reicher Israelit, der nach Hirschberg wollte; da kam ihm in den Sinn, diesen zum Werkzeuge seiner Rache zu gebrauchen. Also gesellte er sich zu ihm in Gestalt des losen Gesellen, der ihn gefoppt hatte, und kosete freundlich mit ihm, führte ihn unbemerkt seitab von der Straße, und da sie ins Gebüsche kamen, fiel er dem Juden mörderisch in den Bart, zausete ihn weidlich, riß ihn zu Boden, knebelte ihn und raubte ihm seinen Säckel, worin er viel Geld und Geschmeide trug. Nachdem er ihn mit Faustschlägen und Fußtritten zum Valet noch gar übel traktiert hatte, ging er davon und ließ den armen geplünderten Juden, der sich seines Lebens verzieh, halbtot im Busche liegen.

Als sich der Israelit von seinem Schrecken erholt hatte und wieder Leben in ihm war, fing er an zu wimmern und laut um Hilfe zu rufen; denn er fürchtete in der grausenvollen Einöde zu verschmachten. Da trat ein feiner, ehrbarer Mann zu ihm,

dem Ansehen nach ein Bürger aus einer der umliegenden Städte, fragte, warum er also beginne, und wie er ihn geknebelt fand, lösete er ihm die Bande von Händen und Füßen und leistete ihm alles das, was der barmherzige Samariter im Evangelium dem Manne tat, der unter die Mörder gefallen war. Nachher labte er ihn mit einem herrlichen Schluck Kordialwasser, das er bei sich trug, führte ihn wieder auf die Landstraße und geleitete ihn freundlich, wie der Engel Raphael den jungen Tobias, bis er ihn brachte gen Hirschberg an die Tür der Herberge; dort reichte er ihm einen Zehrpfennig und schied von ihm. Wie erstaunte der Jud', da er beim Eintritt in den Krug seinen Räuber am Zechtisch erblickte, so frei und unbefangen, als ein Mensch sein kann, der sich keiner Übeltat bewußt ist. Er saß hinter einem Schoppen Landwein, trieb Scherz und gute Schwänke mit andern lustigen Zechbrüdern, und neben ihm lag der nämliche Watsack, in welchen er den geraubten Säckel geborgen hatte. Der bestürzte Jud' wußte nicht, ob er seinen Augen trauen sollte, schlich sich in einen Winkel und ging mit sich selbst zu Rate, wie er wieder zu seinem Eigentum gelangen möchte. Es schien ihm unmöglich, sich in der Person geirrt zu haben; darum drehte er unbemerkt sich zur Tür hinaus, ging zum Richter und brachte seine Diebesanzeige an.

Die Hirschberger Justiz stand damals in dem Rufe, daß sie schnell und tätig sei; Recht und Gerechtigkeit zu handhaben, wenn's was zu verdienen gab; wo sie aber nur ihrer einfachen Pflicht Genüge leisten mußte, ging sie, wie anderwärts, ihren Schneckengang. Der erfahrene Israelit war mit dem gewöhnlichen Gange derselben schon bekannt und verwies den unentschlossenen Richter, der lange zögerte, die Klage niederzuschreiben, auf den blendenden Inhalt des Wertsacks, und diese güldene Hoffnung unterließ nicht, einen Verhaftungsbefehl auszuwirken. Häscher bewaffneten sich mit Spießen und Stangen, umringten das Schenkhaus, griffen den unschuldigen Verbrecher und führten ihn vor die Schranken der Ratsstube, wo sich die weisen Väter indes versammelt hatten. »Wer bist du?« frug der ernsthafte Stadtrichter, als der Angeklagte hereintrat, »und von wannen kommst du?« Er

antwortete freimütig und unerschrocken: »Ich bin ein ehrlicher Schneider meines Handwerks, Benedix genannt, komme von Liebenau und stehe hier in Arbeit bei meinem Meister.«

»Hast du nicht diesen Juden im Walde mörderisch überfallen, übel geschlagen, gebunden und seines Säckels beraubt?«

»Ich habe diesen Juden nie mit Augen gesehen, hab' ihn auch weder geschlagen noch gebunden, noch seines Säckels beraubt. Ich bin ein ehrlicher Zünftler und kein Straßenräuber.«

»Womit kannst du deine Ehrlichkeit beweisen?«

»Mit meiner Kundschaft und dem Zeugnis meines guten Gewissens.«

»Weis auf deine Kundschaft.«

Benedix öffnete getrost den Watsack; denn er wußte wohl, daß er nichts als sein wohlerworbenes Eigentum darin verwahrte. Doch wie er ihn ausleerte, siehe da! da klingelt's unter dem herausstürzenden Plunder wie Geld. Die Häscher griffen hurtig zu, störten den Kram auseinander und zogen den schweren Säckel hervor, welchen der erfreute Jud' alsbald als sein Eigentum reklamierte. Der Wicht stand da wie vom Donner gerührt, wollte vor Schrecken umsinken, ward bleich um die Nase, die Lippen bebten, die Knie wankten, er verstummte und sprach kein Wort. Des Richters Stirn verfinsterte sich, und eine drohende Gebärde weissagte einen strengen Bescheid. »Wie nun, Bösewicht!« donnerte der Stadtvogt. »Erfrechst du dich noch, den Raub zu leugnen?«

»Erbarmung, gestrenger Herr Richter!« winselte der Angeschuldigte auf den Knien, mit hochaufgehobenen Händen. »Alle Heiligen im Himmel ruf ich zu Zeugen an, daß ich unschuldig bin an dem Raube; ich weiß nicht, wie des Juden Säckel in meinen Watsack gekommen ist, Gott weiß es.«

»Du bist überwiesen«, redete der Richter fort, »der Säckel zeihet dich genugsam des Verbrechens, tue Gott und der

Obrigkeit die Ehre und bekenne freiwillig, ehe der Peiniger kommt, dir das Geständnis der Wahrheit abzufoltern.«

Der geängstigte Benedix konnte nichts, als auf seine Unschuld pochen; aber er predigte tauben Ohren. Der Kriminalprozeß wurde nun kurzerhand abgetan, der Schneider, ohne daß sich das Gericht teilte, von Richter und Schöffen zum Strange verurteilt, welcher Rechtsspruch, zu Pflegung prompter Justiz und zu Ersparung der Kosten, gleich tags darauf bei frühem Morgen vollzogen werden sollte.

Alle Zuschauer, welche das hochnotpeinliche Halsgericht herbeigelockt hatte, fanden das Urteil des wohlweisen Magistrats gerecht und billig; doch keiner rief den Richtern lauteren Beifall zu als der barmherzige Samariter, der sich mit in die Gerichtsstube eingedrungen hatte und nicht satt werden konnte, die Gerechtigkeitsliebe der Herren von Hirschberg zu erheben; und in der Tat hatte auch niemand näheren Anteil an der Sache als eben dieser Menschenfreund, der mit unsichtbarer Hand des Juden Säckel in des Schneiders Watsack verborgen hatte und kein anderer als Rübezahl selbst war. Schon am frühen Morgen lauerte er am Hochgericht in Rabengestalt auf den Leichenzug, der das Opfer seiner Rache dahin begleiten sollte, und es regte sich bereits in ihm der Rabenappetit, dem neuen Ankömmling die Augen auszuhakken; aber diesmal harrte er vergebens. Der fromme Ordensbruder, der die Übeltäter zum Tode vorbereitete, fand an dem unwissenden Benedix einen so rohen, wüsten Klotz, daß es ihm unmöglich schien, in so kurzer Zeit, als ihm zu dem Bekehrungsgeschäfte übrigblieb, einen Heiligen daraus zu schnitzeln; er bat deshalb das Gericht um einen dreitägigen Aufschub, den er dem frommen Magistrat nicht ohne große Mühe und unter Androhung des Kirchenbannes endlich abzwang. Als Rübezahl davon hörte, flog er ins Gebirge, den Tag des Strafvollzuges daselbst zu erwarten.

In diesem Zwischenraume durchstrich er nach Gewohnheit die Wälder und erblickte auf dieser Streiferei eine junge Dirne, die sich unter einen schattenreichen Baum gelagert hatte. Ihr Haupt sank schwermütig in den Busen hinab, und sie unterstützte solches mit einem schwanenweißen Arm; ihre Kleidung war nicht kostbar, aber reinlich, und der Zuschnitt daran bürgerlich. Von Zeit zu Zeit verwischte sie mit der Hand eine herabrollende Träne von den Wangen und stöhnende Seufzer quollen aus der vollen Brust hervor. Schon ehemals hatte der Gnome die mächtigen Eindrücke jungfräulicher Tränen empfunden; auch jetzt war er so gerührt davon, daß er von dem Gesetz, welches er sich auferlegt hatte, alle Adamskinder, die durchs Gebirge ziehen würden, zu tücken und quälen, die erste Ausnahme machte, die Empfindung des Mitleidens sogar als ein wohltuend Gefühl erkannte und Verlangen trug, die Schöne zu trösten. Er gestaltete sich wieder als ein achtbarer Bürger, trat der jungen Dirne freundlich entgegen und sprach: »Mägdlein, was trauerst du hier in der Wüste so einsam? Verhehle mir nicht deinen Kummer, daß ich zusehe, wie dir zu helfen stehe.«

Die Schöne, die ganz in Schwermut verschwebt war, schreckte auf, da sie diese Stimme hörte, und erhob ihr erdwärts gesenktes Haupt. Ha, was für ein lasurfarbenes Augenpaar blickte da hervor, dessen sanft gebrochenes Licht ein

Herz von Stahl zu schmelzen fähig war: zwei helle Tränen glänzten darin wie Karfunkeln, und das holde jungfräuliche Antlitz war mit dem Ausdruck banger Schmerzensgefühle übergossen, wodurch die Reize des lieblichen Nonnengesichtes nur noch mehr erhoben wurden. Da sie den ehrsamen Mann vor sich stehen sah, öffnete sie ihren Purpurmund und sprach: »Was kümmert Euch mein Schmerz, guter Mann, sintemal mir nicht zu helfen steht? Ich bin eine Unglückliche, eine Mörderin, habe den Mann meines Herzens gemordet und will abbüßen meine Schuld mit Jammer und Tränen, bis mir der Tod das Herz zerbricht.«

Der ehrbare Mann staunte. »Du eine Mörderin?« rief er, »bei diesem himmlischen Gesicht trügst du die Hölle im Herzen? Unmöglich! – Zwar die Menschen sind aller Ränke und Bosheit fähig, das weiß ich; gleichwohl ist mir's hier ein Rätsel.«

»So will ich's Euch lösen«, erwiderte die trübsinnige Jungfrau, »wenn Ihr es zu wissen begehrt.«

Er sprach: »Sag' an!«

Sie: »Ich hatte einen Gespielen von Jugend an, den Sohn einer tugendsamen Witib, meiner Nachbarin, der mich zu seinem Liebchen erkor, als er heranwuchs. Er war so lieb und gut, so treu und bieder, liebte so standhaft und herzig, daß er mir das Herz stahl und ich ihm ewige Treue gelobte. – Ach, das Herz des lieben Jungen habe ich Natter vergiftet, hab' ihn der Tugendlehren seiner frommen Mutter vergessen gemacht und ihn zu einer Übeltat verleitet, wofür er das Leben verwirkt hat!«

Der Gnome rief abwehrend: »Du?«

»Ja, Herr«, sprach sie, »ich bin seine Mörderin, hab' ihn gereizt, einen Straßenraub zu begehen und einen schelmischen Juden zu plündern; da haben ihn die Herren von Hirschberg gegriffen, Halsgericht über ihn gehegt, und o Herzeleid! Morgen wird er abgetan.

»Und was hast du verschuldet?« frug verwundert Rübezahl.

»Ja, Herr! ich hab's auf meinem Gewissen das junge Blut!«

»Wie das?«

»Er zog auf die Wanderschaft übers Gebirge, und als er beim Valet an meinem Halse hing, sprach er: Fein Liebchen, bleib mir treu. Wenn der Apfelbaum zum dritten Male blühet und die Schwalbe zum Neste trägt, kehr' ich von der Wanderschaft zurück, dich heimzuholen als mein junges Weib; und das gelobte ich ihm zu werden durch einen teueren Eid. Nun blühte der Apfelbaum zum drittenmal, und die Schwalbe nistete, da kam Benedix wieder, erinnerte mich meiner Zusage und wollte mich zur Trauung führen. Ich aber neckt' und höhnt' ihn, wie die Mädchen oft den Freiern tun, und sprach: Dein Weib kann ich nicht werden, denn du hast weder Herd noch Obdach. Schaff dir erst blanke Batzen an, dann frage wieder zu. Der arme Junge wurde durch diese Rede sehr betrübt. Ach, Klärchen, seufzte er tief, mit einer Träne im Auge, steht dir dein Sinn nach Geld und Gut, so bist du nicht das biedere Mädchen mehr, das du vormals warest! Schlugst du nicht ein in diese Hand, da du mir deine Treue schwurest? Und was hatte ich mehr als diese Hand, dich einst damit zu nähren? Woher dein Stolz und spröder Sinn? Ach, Klärchen, ich verstehe dich; ein reicher Buhle hat mir dein Herz entwendet; lohnst du mir also, Ungetreue? Drei Jahre habe ich mit Sehnsucht und Harren traurig verlebt, habe jede Stunde gezählt bis auf diesen Tag, da ich kam, dich heimzuführen. Wie leicht und rasch machte meinen Fuß Hoffnung und Freude, da ich übers Gebirge wandelte, und nun verschmähst du mich! Er bat und flehete, doch ich blieb fest auf meinem Sinn: Mein Herz verschmäht dich nicht, o Benedix! antwortete ich, nur meine Hand versag' ich dir vorjetzt; zieh hin, erwirb dir Gut und Geld, und hast du das, so komm, dann will ich gern die Deine werden. Wohlan, sprach er mit Unmut, du willst es so, ich gehe in die Welt, will laufen, will rennen, will betteln, stehlen, borgen, sorgen, und eher sollst du mich nicht wiedersehen, bis ich erlange den schnöden Preis, um den ich dich erwerben muß. Leb wohl, ich fahre hin, Ade! – So hab' ich ihn betört, den armen Benedix; er ging ergrimmt davon; da verließ ihn sein guter Engel, daß er tat, was nicht recht war, und was sein Herz gewiß verabscheute.«

Der ehrsame Mann schüttelte den Kopf über diese Rede und rief nach einer Pause mit nachdenklicher Miene: »Wunderbar!« Hierauf wendete er sich zu dem Mädchen: »Warum«, frug er, »erfüllst du aber hier den leeren Wald mit deinen Wehklagen, die dir und deinem Buhlen nichts nützen und frommen können?«

»Lieber Herr«, fiel sie ihm ein, »ich war auf dem Wege nach Hirschberg, da wollte mir der Jammer das Herz abdrücken, darum weilte ich unter diesem Baume.«

»Und was willst du in Hirschberg tun?«

»Ich will dem Blutrichter zu Fuße fallen, will mit meinem Klaggeschrei die Stadt erfüllen, und die Töchter der Stadt sollen mir wehklagen helfen, ob das die Herren erbarmen möchte, dem unschuldigen Blut das Leben zu schenken; und so mir's nicht gelingt, meinen Buhlen dem schmählichen Tode zu entreißen, will ich freudig mit ihm sterben.«

Der Geist wurde durch diese Rede so bewegt, daß er von Stund' an seiner Rache ganz vergaß und der Trostlosen ihren Buhlen wiederzugeben beschloß. »Trockne ab deine Tränen«, sprach er mit teilnehmender Gebärde, »und laß deinen Kummer schwinden. Ehe die Sonne zu Rüste gehet, soll dein Buhle frank und frei sein. Morgen um das erste Hahnenschrei sei wach und horchsam, und wenn ein Finger ans Fenster klopft, so tu auf die Tür zu deinem Kämmerlein; denn es ist dein Benedix, der davor stehet. Hüte dich, ihn nicht wieder wild zu machen durch deinen spröden Sinn. – Du sollst auch wissen, daß er das Bubenstück nicht begangen hat, dessen du ihn zeihest, und du hast des gleichfalls keine Schuld; denn er hat sich durch deinen Eigensinn zu keiner bösen Tat reizen lassen.«

Die Jungfrau, verwundert über diese Rede, sah ihm starr und steif ins Gesicht, und weil darin das Fältlein der Schälkelei oder des Trugs sich nicht veroffenbarte, gewann sie Zutrauen, ihre trübe Stirn klärte sich auf, und sie sprach mit froher Zweifelmütigkeit: »Lieber Herr, wenn Ihr mein nicht spottet und dem also ist wie Ihr sagt, so müßt Ihr ein Seher oder der gute Engel meines Buhlen sein, daß Ihr das alles so wisset.«

»Ein guter Engel?« versetzte Rübezahl betroffen, »nein, der bin ich wahrlich nicht; aber ich kann's werden, und du sollst's erfahren! Ich bin ein Bürger aus Hirschberg, habe mit zu Rate gesessen, als der arme Sünder verurteilt wurde; aber seine Unschuld ist ans Licht gebracht, fürchte nichts für sein Leben. Ich will hin, ihn seiner Banden zu entledigen, denn ich vermag viel in der Stadt. Sei gutes Muts und kehre heim in Frieden.« Die junge Schöne machte sich alsbald auf und gehorchte, obgleich Furcht und Hoffnung in ihrer Seele kämpften.

Der ehrwürdige Graurock hatte sich's die drei Tage des Aufschubs blutsauer werden lassen, den Schneider gehörig zu bearbeiten, um seine arme Seele der Hölle zu entreißen, der sie, seiner Meinung nach, verpfändet war von Jugend auf. Denn der gute Benedix war ein unwissender Laie, der um Nadel und Scheere ungleich besseren Bescheid wußte als um den Rosenkranz. Den Engelgruß und das Paternoster mengte er stets durcheinander, und vom Kredo wußte er keine Silbe; der eifrige Mönch hatte alle Mühe von der Welt, ihm das letztere zu lehren, und brachte mit dieser Arbeit zwei volle Tage zu. Denn wenn er sich die Formel aufsagen ließ und das Gedächtnis des armen Sünders auch nicht strauchelte, so unterbrach doch oft ein Gedanke an das Irdische und der halblaute Seufzer: »Ach Klärchen!« die ganze Lektion, darum es der fromme Bruder zuträglich fand, dem verlorenen Schafe die Hölle recht heiß zu machen, und das gelang ihm auch dergestalt, daß der geängstigte Benedix kalten Todesschweiß schwitzte und zu geheiligter Freude seines Bekehrers Klärchen rein darüber vergaß. Aber die Vorstellung der angedrohten Martern in der Hölle folterte ihn so unablässig, daß er nichts als bocksfüßige gehörnte Teufel vor Augen sah, die mit Karsten und Hacken die fasernackten Scharen verdammter Seelen in den ungeheuren Walfischrachen des höllischen Feuerschlundes hineinlotseten.

Ob sich nun wohl Benedix völlig unschuldig wußte, so legte er sich doch aufs Bitten, flehete seinen geistlichen Richter um Barmherzigkeit an und suchte von den Qualen des Fegefeuers soviel abzudingen als möglich; wodurch sich denn der strenge Beichtvater bewogen fand, ihn endlich nur bis an die Knie ins Feuerbad zu versenken. Aber dabei hatte es sein Verbleiben; denn alles Lamentos ungeachtet ließ er sich weiter keinen Zoll breit abdingen.

Eben verließ der unerbittliche Mönch den Kerker, nachdem er dem trostlosen Delinquenten zum letzten Male gute Nacht gewünscht hatte, als ihm Rübezahl unsichtbarerweise beim Eingange begegnete, noch unentschlossen, wie er sein Vorhaben, den armen Schneider in Freiheit zu setzen, so auszuführen vermöchte, daß den Herren von Hirschberg der Spaß nicht verdorben würde; denn der Magistrat hatte sich durch die rasche Gerechtigkeitspflege bei ihm in gutes Ansehen gesetzt. In dem Augenblick geriet er auf einen Einfall, der recht nach seinem Sinne war. Er schlich dem Mönche ins Kloster nach, stahl aus der Kleiderkammer ein Ordenskleid, fuhr hinein und begab sich in Gestalt des Bruders Graurock ins Gefängnis, welches ihm der Kerkermeister ehrerbietig öffnete.

»Das Heil deiner Seele«, redete er den Gefangenen an, »treibt mich nochmals hierher, da ich dich kaum verlassen

habe. Sag an, mein Sohn, was hast du noch auf deinem Herzen und Gewissen, damit ich dich tröste.« »Ehrwürdiger Vater«, antwortete Benedix, »mein Gewissen beißt mich nicht; aber Euer Fegefeuer bangt und ängstet mich und preßt mir das Herz zusammen, als läg's zwischen den Daumenstöcken.« Freund Rübezahl hatte von kirchlichen Lehrmeinungen sehr unvollständige und verworrene Begriffe, daher war ihm die Querfrage: »Wie meinst du das?« wohl zu verzeihen. »Ach«, gegenredete Benedix, »in dem Feuerpfuhl bis an die Knie zu waten, Herr, das halt' ich nicht aus!« »Narr«, versetzte Rübezahl, »so bleib davon, wenn dir das Bad zu heiß ist.« Benedix ward an dieser Rede irre und sah dem Pfaffen so starr ins Gesicht, daß dieser merkte, er habe irgendeine Unschicklichkeit vorgebracht; darum lenkte er ein: »Davon ein andermal; denkst du auch noch an Klärchen? liebst du sie noch als deine Braut? Und hast du ihr etwas vor deiner Hinfahrt zu sagen, so vertraue es mir.« Benedix staunte bei diesem Namen noch mehr; der Gedanke an sie, den er mit großer Gewissenhaftigkeit in seiner Seele zu ersticken bemüht gewesen war, wurde auf einmal wieder so heftig angefacht, besonders da vom Abschiedsgruße die Rede war, daß er überlaut anfing zu weinen und zu schluchzen und kein Wort vorzubringen vermögend war. Diese herzbrechende Gebärdung jammerte den mitleidigen Pfaffen also, daß er beschloß, dem Spiel ein Ende zu machen. »Armer Benedix«, sprach er, »gib dich zufrieden und sei getrost und unverzagt, du sollst nicht sterben. Ich habe in Erfahrung gebracht, daß du unschuldig bist an dem Raube und deine Hand mit keinem Laster befleckt hast, darum bin ich gekommen, dich aus dem Kerker zu reißen und der Banden zu entledigen.« Er zog einen Schlüssel aus der Tasche. »Laß sehen«, fuhr er fort, »ob er schließe.« Der Versuch gelang, der Entfesselte stand da frank und frei, das Geschmeide fiel ab von Händen und Füßen. Hierauf wechselte der gutmütige Pfaff' mit ihm die Kleider und sprach: »Gehe gemachsam wie ein frommer Mönch durch die Schar der Wächter vor der Tür des Gefängnisses und durch die Straßen, bis du der Stadt Weichbild hinter dir hast; dann schürze dich hurtig und schreite rüstig zu, daß du gelangest ins Gebirge endelich, und raste nicht bis du in Liebenau vor Klärchens Tür

stehest, klopfe leise an, dein Liebchen harret deiner mit ängstlichem Verlangen.«

Der gute Benedix wähnte, das alles sei nur ein Traum, rieb sich die Augen, zwickte sich in die Arme und Waden, um zu versuchen, ob er wache oder schlafe, und da er inneward, daß sich alles so verhalte, fiel er seinem Befreier zu Füßen und umfing seine Knie, wollte eine Danksagung stammeln und lag da in stummer Freude, denn die Worte versagten ihm. Der liebreiche Pfaff' trieb ihn endlich fort und reichte ihm noch ein Laib Brot und eine Knackwurst zur Zehrung auf den Weg. Mit wankendem Knie schritt der Entledigte über die Schwelle des traurigen Kerkers und fürchtete immer, erkannt zu werden. Aber sein ehrwürdiger Rock gab ihm einen solchen Wohlgeruch von Frömmigkeit und Tugend, daß die Wächter nichts darunter witterten.

Klärchen saß indessen bänglich einsam in ihrem Kämmerlein, horchte auf jedes Rauschen des Windes, und spähete jeden Fußtritt der Vorübergehenden. Oft dünkte ihr, es rege sich was am Fensterladen, oder es klinge der Pfortenring; sie schreckte auf mit Herzklopfen, sah durch die Luke, und es war Täuschung. Schon schüttelten die Hähne in der Nachbarschaft die Flügel und verkündeten durch ihr Krähen den kommenden Tag; das Glöcklein im KLoster läutete zur Frühmesse, das ihr wie Totenruf und Grabesklang tönte; der Wächter stieß zum letztenmal ins Horn und weckte die schnarchenden Bäckermägde zu ihrem frühen Tagewerke. Klärchens Lämpchen fing an dunkel zu brennen, weil's ihm an Öl gebrach, ihre Unruhe mehrte sich mit jedem Augenblick und ließ sie nicht die herrliche Rose von guter Vorbedeutung bemerken, die an dem glimmenden Docht brannte. Sie saß auf ihrer Bettlade, weinte bitterlich und erseufzete: »Benedix! Benedix! Was für ein bänglicher Tag für dich und mich dämmert jetzt heran!« Sie lief ans Fenster, ach! blutrot war der Himmel nach Hirschberg hin, und schwarze Nebelwolken schwebten wie Trauerflor und Leichentücher hin und wider am Horizonte. Ihre Seele bebte von diesem ahnungsvollen Anblick zurück, sie sank in dumpfes Hinbrüten, und Totenstille war um sie her.

Da pocht's dreimal leise an das Fenster. Ein froher Schauder durchlief ihre Glieder, sie sprang auf, tat einen lauten Schrei; denn eine Stimme flüsterte durch die Luke: »Fein Liebchen, bist du wach?« – Husch, war sie an die Tür. – »Ach Benedix, bist du's oder ist's dein Geist?« Wie sie aber den Bruder Graurock erblickte, sank sie zurück und starb vor Entsetzen hin. Da umschlang sie sanft sein treuer Arm, und der Kuß der Liebe brachte sie bald wieder ins Leben.

Nachdem die stumme Szene des Erstaunens und die Ergießungen der ersten freudigen Herzensgefühle vorüber waren, erzählte ihr Benedix seine wunderbare Errettung aus dem peinlichen Kerker; doch die Zunge klebte ihm am Gaumen vor großem Durst und Ermattung. Klärchen ging, ihm einen Trunk frisch Wasser zu holen, und nachdem er sich damit gelabt hatte, fühlte er Hunger; aber sie hatte nichts zum Imbiß als Salz und Brot, wobei sie voreilig gelobten, zufrieden und glücklich miteinander zu sein ihr Leben lang. Da gedachte Benedix an seine Knackwurst, zog sie aus der Tasche und wunderte sich baß, daß sie schwerer war als ein Hufeisen, brach sie voneinander, siehe! da fielen eitel Goldstücke heraus, worüber Klärchen nicht wenig erschrak, meinte, das Gold sei ein schändlich Überbleibsel von dem Raube des Juden, und Benedix sei nicht so unschuldig, als ihn der ehrsame Mann gemacht habe, der ihr im Gebirge erschienen war. Allein der truglose Gesell beteuerte höchlich, daß der fromme Ordensmann ihm diesen verborgenen Schatz vermutlich als eine Hochzeitsteuer verliehen habe, und sie glaubte seinen Worten. Darauf segneten beide mit dankbarem Herzen den edelmütigen Wohltäter, verließen ihre Vaterstadt und zogen gen Prag, wo Meister Benedix mit Klärchen, seinem Weibe, lange Jahre als ein wohlbehaltener Mann in friedlicher Ehe bei reichem Kindersegen lebte. Die Galgenscheu war so tief bei ihm eingewurzelt, daß er seinen Kunden nie etwas veruntreute und, wider Natur und Brauch seiner Zunftgenossen, auch nicht den kleinsten Abschnitt in die Hölle warf.

In der frühen Morgenstunde, da Klärchen mit schauervoller Freude den Finger ihres Buhlen am Fenster vermerkte, klopfte auch in Hirschberg ein Finger an die Tür des Gefängnisses. Das war der Bruder Graurock, der, von frommem Eifer aufgeweckt, den Anbruch des Tages kaum erwarten konnte, die Bekehrung des armen Sünders zu vollenden und ihn als einen halben Heiligen dem gewaltsamen Arm des Henkers zu überantworten. Rübezahl schien wohlgefaßt zum Sterben zu sein, und der fromme Mönch freute sich darüber und erkannte diese Standhaftigkeit alsbald für die gesegnete

Frucht seiner Arbeit an der Seele des armen Sünders; darum ermangelte er nicht, ihn in dieser Gemütsverfassung durch seinen geistlichen Zuspruch zu erhalten, und beschloß seine Predigt mit dem tröstlichen Weidespruch: »So viel Menschen du bei deiner Ausführung erblicken wirst, die dich an die Gerichtsstätte geleiten, siehe, so viel Engel stehen schon bereit, deine Seele in Empfang zu nehmen und sie einzuführen ins schöne Paradies.« Drauf ließ er ihn der Fesseln entledigen, wollte ihn Beichte hören und dann absolvieren; doch fiel ihm ein, vorher noch die gestrige Lektion zu wiederholen, damit der arme Sünder unterm Galgen im geschlossenen Kreise sein Glaubensbekenntnis frei und ohne Anstoß zur Erbauung der Zuschauer hersagen möchte. Aber wie erschrak der Ordensmann, da er inneward, daß der ungelehrige Delinquent sein Kredo die Nacht über völlig ausgeschwitzt hatte! Der fromme Mönch war völlig der Meinung, der Satanas sei hier im Spiel und wolle dem Himmel die gewonnene Seele entreißen, darum fing er kräftig an den Teufel zu beschwören; aber der Teufel wollte sich nicht austreiben und das Kredo nicht in des Übeltäters Kopf hineinzwingen lassen.

Die Zeit war darüber verlaufen, das peinliche Gericht hielt dafür, daß es nun an der Stunde sei, den Leib zu töten, und kümmerte sich nicht weiter um den Seelenzustand seines Schlachtopfers. Ohne der Exekution länger Aufschub zu gestatten, wurde der Stab gebrochen, und obwohl Rübezahl als ein verstockter Sünder ausgeführt wurde, so unterwarf er sich doch allen übrigen Formalitäten der Hinrichtung ganz willig. Wie er von der Leiter gestoßen wurde, zappelte er am Strange nach Herzenslust und trieb das Spiel so arg, daß dem Henker dabei übel zumute ward; denn es erhob sich ein plötzliches Getöse im Volk und einige schrien, man solle den Gesellen steinigen, weil er den armen Sünder über die Gebühr martere. Um also Unglück zu verhüten, streckte sich Rübezahl lang aus und stellte sich an, als sei er tot. Da sich aber das Volk verlaufen hatte und nachher einige Leute in der Gegend des Hochgerichts hin und her wandelten, aus Vorwitz hinzutraten und den Kadaver beschauen wollten, fing der Scherztreiber am Galgen sein Spiel von neuem an und erschreckte die Beschauer durch fürchterliche Grimassen. Daher lief gegen Abendzeit in der Stadt ein Gerücht um, der Gehangene könne nicht ersterben und tanze noch immer am Hochgericht, welches den Senat bewog, des Morgens in aller Frühe durch einige Abgeordnete die Sache untersuchen zu lassen. Wie sie nun dahinkamen, fanden sie nichts als ein Wischlein Stroh am Galgen, mit alten Lumpen bedeckt, als man pflegt in die Erbsen zu stellen, die genäschigen Spatzen damit zu scheuchen. Worüber sich die Herren von Hirschberg baß verwunderten, ließen in aller Stille den Strohmann abnehmen und breiteten aus, der große Wind habe zur Nachtzeit den leichten Schneider vom Galgen über die Grenze gewehet.

## Dritte Legende

Nicht immer war Rübezahl bei der Laune, denen, die er durch seine Neckereien in Schaden und Nachteil gebracht hatte, einen so edelmütigen Ersatz zu geben; oft machte er nur den Plagegeist aus boshafter Schadenfreude und kümmerte sich wenig darum, ob er einen Schurken oder einen Biedermann foppte. Oft gesellte er sich zu einem einsamen Wanderer als Geleitsmann, führte unvermerkt den Fremdling irre, ließ ihn an dem Absturz einer Bergzinne oder in einem Sumpfe stehen und verschwand mit höhnischem Gelächter. Zuweilen erschreckte er die furchtsamen Marktweiber durch abenteuerliche Gestalten wildfremder Tiere, denn das leopardähnliche Tier, das sich zuzeiten im sudetischen Gebirge soll sehen lassen, von den Butterweibern Rysow genannt, ist nichts anderes als eine Gestalt von Rübezahl. Oft lähmte er den Reisigen das Roß, daß es nicht aus der Stelle konnte, zerbrach den Fuhrleuten ein Rad, oder eine Achse am Wagen, ließ vor ihren Augen ein abgerissenes Felsenstück in einen Hohlweg hinabrollen, das sie mit unendlicher Mühe auf die Seite räumen mußten, um sich freie Bahn zu machen. Oft hielt eine unsichtbare Kraft einen ledigen Wagen, daß sechs rasche Pferde ihn nicht fortzuziehen vermochten, und ließ der Fuhrmann merken, daß er eine Neckerei von Rübezahl wähnte, oder brach er aus Unwillen in Schmähworten gegen den Berggeist aus, so hatte er ein Hornissen-Heer, das die Pferde wütig machte, einen Steinhagel oder eine reichhaltige Prügelstrafe von unsichtbarer Hand zu gewarten.

Mit einem alten Schäfer, der ein gerader treuherziger Mann war, hatte er Bekanntschaft gemacht und sogar eine Art von vertraulicher Freundschaft errichtet. Er gestattete ihm, mit der Herde bis an die Hecken seiner Gärten zu treiben, welches ein anderer nicht hätte waghalsen dürfen. Der Geist hörte dem Graukopf bisweilen mit vielem Vergnügen zu, wenn ihm dieser seinen unbedeutenden Lebenslauf erzählte. Demungeachtet versah's der Alte doch einmal. Da er eines Tages nach Gewohnheit seine Herde in des Gnomen Gehege trieb, brachen einige Schafe durch die Hecken und weideten auf den Grasplätzen des Gartens; darüber ergrimmte Freund Rübezahl dergestalt, daß er alsbald ein panisches Schrecken auf die Herde fallen ließ und sie in wildem

Getümmel den Berg hinabscheuchte, wodurch sie größtenteils verunglückte, und der Nahrungsbestand des alten Schäfers in solchen Verfall kam, daß er sich darüber zu Tode grämte.

Ein Arzt aus Schmiedeberg, der auf dem Riesengebirge zu botanisieren pflegte, genoß gleichfalls zuweilen die Ehre, mit seiner prahlerischen Gesprächigkeit den Gnomen unbekannterweise zu unterhalten, der bald als Holzhauer, bald als ein Reisender sich zu ihm fand und den Schmiedeberger Arzt seine Wunderkuren mit Vergnügen sich vorerzählen ließ. Er war zuzeiten so gefällig, das schwere Kräuterbündel ihm ein gut Stück Weges nachzutragen und ihm manche noch unbekannten Heilkräfte derselben kundzumachen. Der Arzt, der sich in der Kräuterkunde weiser dünkte als ein Holzhauer, empfand einst diese Belehrung übel und sprach mit Unwillen: »Der Schuster soll bei seinem Leisten bleiben, und der Holzhauer soll den Arzt nicht lehren. Weil du aber der Kräuter und Pflanzen so kundig bist, so sage mir doch, du weiser Salomon, was war eher, die Eichel oder der Eichbaum?« Der Geist antwortete: »Doch wohl der Baum, denn die Frucht kommt vom Baume.« »Narr«, sprach der Arzt, »wo kam denn der erste Baum her, wenn er nicht aus dem Samen sproßte, der in der Frucht verschlossen liegt?« Der Holzhauer erwiderte: »Das ist, sehe ich, eine Meisterfrage, die mir schier zu hoch ist. Aber ich will Euch auch eine Frage vorlegen: wem gehört dieser Erdengrund zu, darauf wir stehen, dem Könige von Böhmen oder dem Herrn vom Berge?« (So nannten die Nachbarn den Berggeist, nachdem sie waren gewitziget worden, daß der Name Rübezahl im Gebirge verpönt war und nur Stöße und blaue Mäler einbrachte.) Der Arzt bedachte sich nicht lange: »Ich vermeine, dieser Grund und Boden gehöre meinem Herrn, dem König von Böhmen, zu; denn Rübezahl ist ja nur ein Hirngespinst, ein Nonsens oder Popanz, die Kinder damit fürchten zu machen.« Kaum war das

Wort aus seinem Munde, so verwandelte sich der Holzhauer in einen scheußlichen Riesen mit feuerfunkelnden Augen und wütiger Gebärde, schnauzte den Arzt grimmig an und sprach mit rauher Stimme: »Hier ist Rübezahl, der dich nonsensen wird, daß dir sollen die Rippen krachen«; erwischt ihn darauf beim Kragen, rannte ihn gegen die Bäume und Felsenwände, riß und warf ihn hin und her, schlug ihm letztlich ein Auge aus und ließ ihn für tot auf dem Platze liegen, daß sich der Arzt nachher hoch vermaß, nie wieder ins Gebirge botanisieren zu gehen.

So leicht war's, Rübezahls Freundschaft zu verscherzen; doch ebenso leicht war's auch, sie zu gewinnen. Einem Bauer in der Amtspflege Reichenberg hatte ein böser Nachbar sein Hab und Gut abgerechnet, und nachdem sich der Büttel seiner letzten Kuh bemächtigt hatte, blieb ihm nichts übrig, als ein abgehärmtes Weib und ein halb Dutzend Kinder, davon er gern den Gerichten die Hälfte für sein letztes Stückchen Vieh verpfändet hätte. Zuvor gehörten ihm noch ein Paar rüstige gesunde Arme zu, aber sie waren nicht hinreichend, sich und die Seinigen damit zu ernähren. Es schnitt ihm durchs Herz, wenn die jungen Raben nach Brot schrien und er nichts hatte, um ihren quälenden Hunger zu stillen. »Mit hundert Talern«, sprach er zu dem kummervollen Weibe, »wäre uns geholfen, unsern zerfallenen Haushalt wieder einzurichten und fern von dem streitsüchtigen Nachbar ein neues

Eigentum zu gewinnen. Du hast reiche Vettern jenseit des Gebirges, ich will hin und ihnen unsere Not klagen; vielleicht, daß sich einer erbarmet und aus gutem Herzen von seinem Überfluß uns auf Zinsen leiht, soviel wir bedürfen.«

Das niedergedrückte Weib willigte mit schwacher Hoffnung eines glücklichen Erfolgs in diesen Vorschlag, weil sie keinen besseren wußte. Der Mann aber gürtete frühe seine Lenden, und indem er Weib und Kinder verließ, sprach er ihnen Trost ein: »Weinet nicht! mein Herz sagt es mir, ich werde einen Wohltäter finden, der uns förderlicher sein wird als die vierzehn Nothelfer, zu welchen ich so oft vergeblich gewallfahret bin.« Hierauf steckte er eine harte Brotrinde zur Zehrung in die Tasche und ging davon. Müde und matt von der Hitze des Tages und dem weiten Wege, gelangte er zur Abendzeit in dem Dorfe an, wo die reichen Vettern wohnten; aber keiner wollte ihn kennen, keiner wollte ihn beherbergen. Mit heißen Tränen klagte er ihnen sein Elend; aber die hartherzigen Filze achteten nicht darauf, kränkten den armen Mann mit Vorwürfen und beleidigenden Sprichwörtern. Einer sprach: »Junges Blut, spar dein Gut«, der andere: »Hoffahrt kommt vor dem Fall«, der dritte: »Wie du's treibst, so geht's«, der vierte: »Jeder ist seines Glückes Schmied.« So höhnten und spotteten sie seiner, nannten ihn einen Prasser und Faulenzer, und endlich stießen sie ihn gar zur Tür hinaus. Einer solchen Aufnahme hatte sich der arme Vetter zu der reichen Sippschaft seines Weibes nicht versehen; stumm und traurig schlich er von dannen, und weil er nichts hatte, um das Schlafgeld in der Herberge zu bezahlen, mußte er auf einem Heuschober im Felde übernachten. Hier wartete er schlaflos des zögernden Tages, um sich auf den Heimweg zu begeben.

Da er nun wieder ins Gebirge kam, überkam ihn Harm und Bekümmernis so sehr, daß er der Verzweiflung nahe war. Zwei Tage Arbeitslohn verloren, dachte er bei sich selber, matt und entkräftet von Gram und Hunger, ohne Trost, ohne Hoffnung! Wenn du nun heimkehrest und die sechs armen Würmer dir entgegenschmachten, ihre Hände aufheben, von dir Labsal zu begehren, und du für einen Bissen Brot ihnen einen Stein bieten mußt, Vaterherz! Vaterherz! wie kannst du's tragen! Brich entzwei, armes Herz, ehe du diesen Jammer fühlest! Hierauf warf er sich unter einen Schlehenbusch, seinen schwermütigen Gedanken nachzuhangen.

Wie aber am Rande des Verderbens die Seele noch die letzten Kräfte anstrengt, ein Rettungsmittel auszukundschaften, jede Hirnfaser auf- und niederläuft, alle Winkel der Phantasie durchspähet, Schutz oder Frist für den hereinbrechenden Untergang zu suchen; gleich einem Bootsmann, der sein Schiff sinken sieht, schnell die Strickleiter hinaufrennt, sich in den Mastkorb zu bergen, oder wenn er unter Verdeck ist, aus der Luke springt, in der Hoffnung, ein Brett oder eine ledige Tonne zu erhaschen, um sich über Wasser zu halten: so verfiel unter tausend nichtigen Anschlägen und Einfällen der trostlose Veit auf den Gedanken, sich an den Geist des Gebirges in seinem Anliegen zu wenden. Er hatte viel abenteuerliche Geschichten von ihm gehört, wie er zuweilen die Reisenden getrillt und gehudelt, ihnen manchen Tort und Dampf angetan, doch auch mitunter Gutes erwiesen habe. Es war ihm nicht unbekannt, daß er sich bei seinem Spottnamen nicht ungestraft rufen lasse; dennoch wußte er ihm auf keine andere Weise beizukommen; also wagte er es auf eine Prügelei und rief sosehr er konnte: »Rübezahl! Rübezahl!«

Auf diesen Ruf erschien alsbald eine Gestalt gleich einem rußigen Köhler mit einem fuchsroten Bart, der bis an den Gürtel reichte, feurigen, stieren Augen, und mit einer Schürstange bewaffnet, gleich einem Weberbaum, die er mit Grimm erhob, den frechen Spötter zu erschlagen. »Mit Gunst, Herr Rübezahl«, sprach Veit ganz unerschrocken, »verzeiht, wenn ich euch nicht recht benenne; hört mich nur an, dann tut, was euch gefällt.« Diese dreiste Rede und die kummervolle Miene des Mannes, die weder auf Mutwillen noch Vorwitz deutete, besänftigten den Zorn des Geistes in etwas: »Erdenwurm«, sprach er, »was treibt dich, mich zu beunruhigen? Weißt du auch, daß du mir mit Hals und Haut für deinen Frevel büßen mußt?« »Herr«, antwortete Veit, »die

Not treibt mich zu euch, habe eine Bitte, die ihr mir leicht gewähren könnt. Ihr sollt mir hundert Taler leihen, ich zahle sie euch mit landesüblichen Zinsen in drei Jahren wieder, so wahr ich ehrlich bin!« »Tor«, sprach der Geist, »bin ich ein Wucherer, der auf Zinsen leiht? Gehe hin zu deinen Menschenbrüdern und borge da soviel dir not tut, mich aber laß in Ruhe.« »Ach!« erwiderte Veit, »mit der Menschenbrüderschaft ist's aus! Auf Mein und Dein gilt keine Brüderschaft.« Hierauf erzählte er ihm seine Geschichte nach der Länge und schilderte ihm sein drückendes Elend so rührend, daß ihm der Gnome seine Bitte nicht versagen konnte; und wenn der arme Tropf auch weniger Mitleid verdient hätte, so schien doch dem Geist das Unterfangen, von ihm ein Kapital zu leihen, so neu und sonderbar, daß er um des guten Zutrauens willen geneigt war, des Mannes Bitte zu gewähren. »Komm, folge mir«, sprach er und führte ihn darauf waldeinwärts, in ein abgelegenes Tal zu einem schroffen Felsen, dessen Fuß ein dichter Busch bedeckte.

Nachdem sich Veit nebst seinem Begleiter mit Mühe durchs Gesträuche gearbeitet hatte, gelangten sie zum Eingang einer finsteren Höhle. Dem guten Veit war nicht wohl dabei zumute, da er so im Dunkeln tappen mußte; es lief ihm ein kalter Schauer nach dem andern den Rücken herab, und seine Haare sträubten sich empor. Rübezahl hat schon manchen betrogen, dachte er, wer weiß, was für ein Abgrund mir vor den Füßen liegt, in welchen ich beim nächsten Schritte hinabstürze; dabei hörte er ein fürchterliches Brausen eines Wassers, das sich in den tiefen Schacht ergoß. Je weiter er fortschritt, je mehr engten ihm Furcht und Grausen das Herz ein. Doch bald sah er zu seinem Trost in der Ferne ein blaues Flämmchen hüpfen, das Berggewölbe erweiterte sich zu einem großen Saale, das Flämmchen brannte hell und schwebte als ein Hängeleuchter in der Mitte der Felsenhalle. Auf dem Pflaster derselben fiel ihm eine kupferne Braupfanne

in die Augen, mit eitel harten Talern bis an den Rand gefüllt. Da Veit den Geldschatz erblickte, schwand alle seine Furcht dahin, und das Herz hüpfte ihm vor Freuden. »Nimm«, sprach der Geist, »was du bedarfst, es sei wenig oder viel, nur stelle mir einen Schuldbrief aus, wofern du der Schreiberei kundig bist.« Der Schuldner bejahete das und zählte sich gewissenhaft die hundert Taler zu, nicht einen mehr und keinen weniger. Der Geist schien auf das Zählungsgeschäft nicht zu achten, drehte sich weg und suchte indes seine Schreibmaterialien hervor. Veit schrieb den Schuldbrief so bündig, als ihm möglich war; der Gnome schloß solchen in einen eisernen Schatzkasten und sagte zum Abschied: »Zieh hin, mein Freund, und nütze dein Geld mit arbeitsamer Hand. Vergiß nicht, daß du mein Schuldner bist, und merke dir den Eingang in das Tal und diese Felsenkluft genau. Sobald das dritte Jahr verflossen ist, zahlst du mir Kapital und Zins zurück; ich bin ein strenger

Gläubiger, hältst du nicht ein, so fordere ich es mit Ungestüm.« Der ehrliche Veit versprach, auf den Tag gute Zahlung zu leisten, versprach's mit seiner biederen Hand, doch ohne Schwur; verpfändete nicht seine Seele und Seligkeit, wie lose Bezahler zu tun pflegen, und schied mit dankbarem Herzen von seinem Schuldherrn in der Felsenhöhle, aus der er leicht den Ausgang fand. Die hundert Taler wirkten bei ihm so mächtig auf Seele und Leib, daß ihm nicht anders zumute war, da er das Tageslicht wieder erblickte, als ob er Balsam des Lebens in der Felsenkluft eingesogen habe. Freudig und gestärkt an allen Gliedern, schritt er nun seiner Wohnung zu und trat in die elende Hütte, indem sich der Tag zu neigen begann. Sobald ihn die abgezehrten Kinder erblickten, schrien sie ihm einmütig entgegen: »Brot, Vater, einen Bissen Brot! hast uns lange darben lassen.« Das abgehärmte Weib saß in einem Winkel und weinte, fürchtete nach der Denkungsart der Kleinmütigen das Schlimmste und vermutete, daß der Ankömmling eine traurige Litanei anstimmen werde. Er aber bot ihr freundlich die Hand, hieß ihr Feuer anschüren auf dem Herde; denn er trug Grütze und Hirse aus Reichenberg im Zwerchsack, davon die Hausmutter einen steifen Brei kochen mußte, daß der Löffel darin stand. Nachher gab er ihr Bericht von dem guten Erfolg seines Geschäftes. »Deine Vettern«, sprach er, »sind gar rechtliche Leute; sie haben mir nicht meine Armut vorgerückt, haben mich nicht verkannt oder mich schimpflich vor der Tür abgewiesen; sondern mich freundlich beherberget, Herz und Hand mir eröffnet und hundert bare Taler vorschußweise auf den Tisch gezählt.« Da fiel dem guten Weib ein schwerer Stein vom Herzen, der sie lange gedrückt hatte. »Wären wir«, sagte sie, »eher vor die rechte Schmiede gegangen, so hätten wir uns manchen Kummer ersparen können.« Hierauf rühmte sie ihre Freundschaft, zu der sie sich vorher so wenig Gutes versehen hatte, und tat recht stolz auf die reichen Vettern.

Der Mann ließ ihr nach so vielen Drangsalen gern die Freude, die ihrer Eitelkeit so schmeichelhaft war. Da sie aber nicht aufhörte von den reichen Vettern zu kosen und das viele Tage so forttrieb, wurde Veit des Lobposaunens der Geizdrachen satt und müde und sprach zum Weibe: »Als ich vor der rechten Schmiede war, weißt du, was mir der Meister Schmied für eine weise Lehre gab?« Sie sprach: »Welche?« »Jeder, sagte er, sei seines Glückes Schmied, und man müsse das Eisen schmieden, weil's heiß sei; drum laß uns nun die Hände rühren und unserm Beruf fleißig obliegen, daß wir was vor uns bringen, in drei Jahren den Vorschuß nebst Zinsen abzahlen können und aller Schuld quitt und ledig seien.« Drauf kaufte er einen Acker und einen Heuschlag, dann wieder einen und noch einen, dann eine ganze Hufe; es war ein Segen in Rübezahls Gelde, als wenn ein Hecktaler darunter wäre. Veit säte und erntete, wurde schon für einen wohlhabenden Mann im Dorfe gehalten, und sein Säckel barg noch immer ein klein Kapital zur Erweiterung seines Eigentums. Im dritten Sommer hatte er schon zu seiner Hufe ein Herrengut gepachtet, das ihm reichen Wucher brachte; kurz, er war ein Mann, dem alles, was er tat, zu gutem Glück gedieh.

Der Zahlungstermin kam nun heran, und Veit hatte so viel erübrigt, daß er ohne Beschwerde seine Schuld abtragen konnte; er legte das Geld zurecht, und auf den bestimmten Tag war er früh auf, weckte das Weib und alle seine Kinder, hieß sie waschen und kämmen und ihre Sonntagskleider anziehen, auch die neuen Schuhe und die scharlachenen Mieder und Brusttücher, die sie noch nicht auf den Leib gebracht hatten. Er selbst holte seinen Gottestischrock herbei und rief zum Fenster hinaus: »Hans spann an!« »Mann, was hast du vor?« fragte die Frau, »es ist heute weder Feiertag noch ein Kirchweihfest, was macht dich so guten Mutes, daß du uns ein Wohlleben bereitet hast, und wo gedenkest du uns hinzuführen?« Er antwortete: »Ich will mit euch die reichen Vettern jenseits des Gebirges heimsuchen und dem Gläubiger, der mir durch seinen Vorschub wieder aufgeholfen hat, Schuld und Zins bezahlen, denn heute ist der Zahltag.« Das gefiel der Frau wohl; sie putzte sich und die Kinder stattlich heraus, und damit die reichen Vettern eine gute Meinung von ihrem Wohlstande bekämen und sich ihrer nicht schämen dürften, band sie eine Schnur gekrümmter Dukaten um den Hals. Veit rüttelte den schweren Geldsack zusammen, nahm ihn zu sich, und da alles in Bereitschaft war, saß er auf mit Frau und Kind. Hans peitschte die vier Hengste an, und sie trabten mutig über das Blachfeld nach dem Riesengebirge zu.

Vor einem steilen Hohlwege ließ Veit den Rollwagen halten, stieg ab und hieß den anderen Gleiches tun, dann gebot er dem Knechte: »Hans, fahr gemachsam den Berg hinan, oben bei den drei Linden sollst du unser warten, und ob wir auch verziehen, so laß dich's nicht anfechten, laß die Pferde verschnauben und einstweilen grasen; ich weiß hier einen Fußpfad, er ist etwas um, doch lustig zu wandeln!« Darauf schlug er sich in Geleitschaft des Weibes und der Kinder waldein durch dicht verwachsenes Gebüsche und spähete hin und her, und die Frau meinte, ihr Mann habe sich verirrt, ermahnte ihn darum, zurückzukehren und der Landstraße zu folgen. Veit aber hielt plötzlich still, versammelte seine sechs Kinder um sich und redete also: »Du wähnst, liebes Weib, daß wir zu deiner Freundschaft ziehen; dahin steht jetzt nicht mein Sinn. Deine reichen Vettern sind Knauser und Schurken, die, als ich weiland in meiner Armut Trost und Zuflucht bei ihnen suchte, mich gefoppt, gehöhnet und mit Übermut von sich gestoßen haben. – Hier wohnt der reiche Vetter, dem wir unseren Wohlstand verdanken, der mir aufs Wort das Geld geliehen, das in meiner Hand so wohl gewuchert hat. Auf heute hat er mich herbeschieden, Zins und Kapital ihm wieder zu erstatten. Wißt ihr nun, wer unser Schuldherr ist? Der Herr vom Berge, Rübezahl genannt!« Das Weib entsetzte sich heftig über diese Rede, schlug ein groß Kreuz vor sich, und die Kinder bebten und gebärdeten sich ängstlich vor Furcht und Schrecken, daß sie der Vater vor Rübezahl führen wollte. Sie hatten viel in den Spinnstuben von ihm gehört, daß er sei ein scheußlicher Riese und Menschenfresser. Veit erzählte ihnen sein ganzes Abenteuer, wie ihm der Geist in Gestalt eines Köhlers auf sein Rufen erschienen sei und was er mit ihm verhandelt habe in der Höhle, pries seine Mildtätigkeit mit dankbarem Herzen und so inniger Rührung, daß ihm die warmen Tränen über die freundlichen rotbraunen Backen herabträufelten. »Verzieht hier«, fuhr er fort, »jetzt geh' ich hin in die Höhle, mein Geschäft auszurichten. Fürchtet nichts, ich werde nicht lange aus sein, und wenn ich's vom Gebirgsherrn erlangen kann, so bring' ich ihn zu euch. Scheuet euch nicht, euerem Wohltäter treuherzig die Hand zu schütteln, ob sie gleich schwarz und rußig ist; er tut euch nichts zuleide und freut sich seiner guten Tat und unseres Dankes gewiß! Seid nur beherzt, er wird euch goldene Äpfel und Pfeffernüsse austeilen.«

Ob nun gleich das bängliche Weib viel gegen die Wallfahrt in die Felsenhöhle einzuwenden hatte und auch die Kinder jammerten und weinten, sich um den Vater her lagerten und, da er sie auf die Seite schob, ihn an den Rockfalten zurückzuziehen sich anstemmten; so riß er sich doch mit Gewalt von ihnen in den dicht verwachsenen Busch und gelangte zu dem wohlbekannten Felsen. Er fand alle Merkzeichen der Gegend wieder, die er sich wohl ins Gedächtnis geprägt hatte; die alte halberstorbene Eiche, an deren Wurzel die Kluft sich öffnete, stand noch wie sie vor drei Jahren gestanden hatte, doch von einer Höhle war keine Spur mehr vorhanden. Veit versucht's auf alle Weise, sich den Eingang in den Berg zu eröffnen, er nahm einen Stein, klopfte an den Felsen; er sollte, meint' er, sich auftun; er zog den schweren Geldsack hervor, klingelte mit den harten Talern und rief, so laut er nur konnte: »Geist des Gebirges, nimm hin, was dein ist«; doch der Geist ließ sich weder hören noch sehen. Also mußte sich der ehrliche Schuldner entschließen, mit seinem Säckel wieder umzukehren. Sobald ihn das Weib und die Kinder von ferne erblickten, eilten sie ihm freudevoll entgegen; er war mißmutig und sehr bekümmert, daß er seine Zahlung nicht an die Behörde abliefern konnte, setzte sich zu den Seinen auf einen Rasenrain und überlegte, was nun zu tun sei. Da kam ihm sein altes Wagestück wieder ein. »Ich will«, sprach er, »den Geist bei seinem Spitznamen rufen; wenn's ihn auch verdriest, mag er mich bläuen und zupfen, wie er Lust hat, wenigstens hört er auf diesen Ruf gewiß«; schrie darauf aus Herzenskraft: »Rübezahl, Rübezahl!« Das angstvolle Weib bat ihn, zu schweigen, wollt' ihm den Mund zuhalten; er ließ sich nicht wehren und trieb's immer ärger. Plötzlich drängte sich jetzt der jüngste Bube an die Mutter an, schrie bänglich: »Ach, der schwarze Mann!« Getrost fragte Veit: »Wo?« »Dort lauscht er hinter jenem Baume hervor«; und alle Kinder krochen in einen Haufen zusammen, bebten vor Furcht und schrien jäm-

merlich. Der Vater blickte hin und sah nichts; es war Täuschung, nur ein leerer Schatten; kurz, Rübezahl kam nicht zum Vorschein, und alles Rufen war umsonst.

Die Familienkarawane trat nun den Rückweg an, und Vater Veit ging ganz betrübt und schwermütig auf der breiten Landstraße vor sich hin. Da erhob sich vom Walde her ein sanftes Rauschen in den Bäumen, die schlanken Birken neigten ihre Wipfel, das bewegliche Laub der Espen zitterte, das Brausen kam näher, und der Wind schüttelte die weitausgestreckten Äste der Steineichen, trieb dürres Laub und Grashalme vor sich her, kräuselte im Wege kleine Staubwolken empor, an welchem artigen Schauspiel die Kinder, die nicht mehr an Rübezahl dachten, sich belustigten und nach den Blättern haschten, womit der Wirbelwind spielte. Unter dem dürren Laube wurde auch ein Blatt Papier über den Weg gegewehet, auf welches der kleine Geisterseher Jagd machte; doch wenn er danach griff, hob es der Wind auf und führte es weiter, daß er's nicht erlangen konnte. Drum warf er seinen Hut danach, der's endlich bedeckte; weil's nun ein schöner weißer Bogen war und der sparsame Vater jede Kleinigkeit in seinem Haushalt zu nutzen pflegte, so brachte ihm der Knabe den Fund, um sich ein kleines Lob zu verdienen. Als dieser das zusammengefaltete Papier aufschlug, um zu sehen, was es wäre, fand er, daß es der Schuldbrief war, den er an den Berggeist ausgestellt hatte, von oben herein zerrissen, und unten stand geschrieben: Zu Dank bezahlt.

Wie das Veit inneward, rührt's ihn tief in der Seele, und er rief mit freudigem Entzücken: »Freue dich, liebes Weib; er hat uns gesehen, hat unsern Dank gehöret, unser guter Wohltäter, der uns unsichtbar umschwebte, weiß, daß Veit ein ehrlicher Mann ist. Ich bin meiner Zusage quitt und ledig, nun laßt uns mit frohem Herzen heimkehren.« Eltern und Kinder weinten noch viele Tränen der Freude und des Dankes, bis sie wieder zu ihrem Fuhrwerk gelangten, und weil die Frau groß Verlangen trug, ihre Freundschaft heimzusuchen, um durch ihren Wohlstand die filzigen Vettern zu beschämen, so rollten sie frisch den Berg hinab, gelangten in der Abendstunde in die Dorfschaft und hielten bei dem nämlichen Bauernhofe an, aus welchem Veit vor drei Jahren war hinausgestoßen worden. Er pochte diesmal ganz herzhaft an und frug nach dem Wirte. Es kam ein unbekannter Mann zum Vorschein, der gar nicht zur Freundschaft gehörte; von diesem erfuhr Veit, daß die reichen Vettern ausgewirtschaftet hatten. Der eine war gestorben, der andere verdorben, der dritte davongegangen, und ihre Stätte ward nicht mehr gefunden in der Gemeine. Veit übernachtete nebst seiner Rollwagengesellschaft bei dem gastfreien Hauswirt, kehrte Tages darauf in seine Heimat und an seine Berufsgeschäfte zurück, nahm zu an Reichtum und Gütern und blieb ein rechtlicher, wohlbehaltener Mann sein Leben lang.

## Vierte Legende

Sosehr sich's auch des Gnomen Günstling hatte angelegen sein lassen, den wahren Ursprung seines Glücks zu verhehlen, um nicht ungestüme Bittsteller anzureizen, den Gebirgsgeist um ähnliche Spenden mit dreister Zudringlichkeit zu überlaufen, so wurde die Sache doch endlich ruchbar. Veitens Frau vertraut's einer verschwiegenen Nachbarin, diese ihrer Gevatterin, diese ihrem Herrn Paten, dem Dorfbarbier und der allen seinen Bartkunden; so kam's im Dorfe und hernach im ganzen Kirchspiele herum. Da spitzten die verdorbenen Hauswirte, die Lungerer und Müßiggänger das Ohr, zogen scharenweise ins Gebirge, beleidigten den Gnomen, hoben an, ihn zu zitieren und zu beschwören; zu ihnen gesellten sich Schatzgräber und Landfahrer, die das Gebirge durchkreuzten, allenthalben einschlugen und den Schatz in der Braupfanne zu heben vermeinten. Rübezahl ließ sie eine Zeitlang ihr Wesen treiben, wie sie Lust hatten, achtet's der Mühe nicht wert, sich über die Gauche zu erzürnen, trieb nur seinen Spott mit ihnen, ließ zur Nachtzeit da und dort ein blaues Flämmchen auflodern, und wenn die Laurer kamen, ihre Mützen und Hüte darauf warfen, ließ er sie manchen schweren Geldtopf ausgraben, den sie mit Freuden heimtrugen, neun Tage lang stillschweigend verwahrten, und wenn sie nun hinkamen, den Schatz zu besehen, fanden sie Stank und Unrat im Topf, oder Scherben und Steine. Gleichwohl ermüdeten sie nicht, das alte Spiel wieder anzuheben und neuen Unfug zu treiben. Darüber wurde der Geist endlich unwillig, stäubte das lose Gesindel durch einen kräftigen Steinhagel aus seinem Gebiete hinaus und wurde gegen alle Wanderer so barsch und grämisch, daß keiner ohne Furcht das Gebirge betrat, auch selten ohne Staupe entrann, und der Name Rübezahl wurde nicht mehr gehört im Gebirge bei Menschen Gedenken.

Eines Tages sonnte sich der Geist an der Hecke seines Gartens; da kam ein Weiblein ihres Weges daher in großer Unbefangenheit, die durch ihren sonderbaren Aufzug seine Aufmerksamkeit auf sich zog. Sie hatte ein Kind an der Brust liegen, eines trug sie auf dem Rücken, eines leitete sie an der Hand, und ein etwas größerer Knabe trug einen leeren Korb nebst einem Rechen; denn sie wollte eine Last Laub fürs Vieh laden. Eine Mutter, dachte Rübezahl, ist doch wahrlich ein gutes Geschöpf, schleppt sich mit vier Kindern und wartet dabei ihres Berufs ohne Murren, wird sich noch mit der Bürde des Korbes belasten müssen. Diese Betrachtung versetzte ihn in eine gutmütige Stimmung, die ihn geneigt machte, sich mit der Frau in Unterredung einzulassen. Sie setzte ihre Kinder auf den Rasen und streifte Laub von den Büschen; indes wurde den Kleinen die Zeit lang, und sie fingen an, heftig zu schreien. Alsbald verließ die Mutter ihre Geschäfte, spielte und tändelte mit den Kindern, nahm sie auf, hüpfte mit ihnen singend und scherzend herum, wiegte sie in

Schlaf und ging wieder an ihre Arbeit. Bald darauf stachen die Mücken die kleinen Schläfer, sie fingen ihre Musik von neuem an; die Mutter wurde darüber nicht ungeduldig, sie lief ins Holz, pflückte Erdbeeren und Himbeeren und legte das kleinste Kind an die Brust. Diese mütterliche Behandlung gefiel dem Gnomen ungemein wohl. Allein der Schreier, der vorher auf der Mutter Rücken ritt, wollte sich durch nichts befriedigen lassen, war ein störrischer, eigensinniger Junge, der die Erdbeeren, die ihm die liebreiche Mutter darreichte, von sich warf, und dazu schrie, als wenn er gespießt wäre. Darüber riß ihr doch endlich die Geduld aus: »Rübezahl«, rief sie, »komm und friß mir den Schreier!« Augenblicks versichtbarte sich der Geist in der Köhlergestalt, trat zum Weibe und sprach: »Hie bin ich, was ist dein Begehr?« Die Frau geriet über diese Erscheinung in großen Schrecken; wie sie aber ein frisches, herzhaftes Weib war, sammelte sie sich bald und faßte Mut. »Ich rief dich nur«, sprach sie, »meine Kinder schweigen zu machen; nun sie ruhig sind, bedarf ich deiner nicht, sei bedankt für deinen guten Willen.« »Weißt du auch«, gegenredete der Geist, »daß man mich hier nicht ungestraft ruft? Ich halte dich beim Wort, gib mir deinen Schreier, daß ich ihn fresse; so ein leckerer Bissen ist mir lange nicht vorgekommen.« Darauf streckte er die rußige Hand aus, den Knaben in Empfang zu nehmen.

Wie eine Gluckhenne, wenn der Weih hoch über dem Dache in den Lüften schwebt oder der schäkerhafte Spitz auf dem Hofe hetzt, mit ängstlichem Glucksen vorerst ihre Küchlein in den sicheren Hühnerkorb lockt, dann ihr Gefieder emporsträubt, die Flügel ausbreitet und mit dem stärkeren Feinde einen ungleichen Kampf beginnt: so fiel das Weib dem schwarzen Köhler wütig in den Bart, ballte die kräftige Faust und rief: »Ungestüm! das Mutterherz mußt du mir erst aus dem Leibe reißen, eh' du mir mein Kind raubest.« Eines so mutvollen Angriffs hatte sich Rübezahl nicht versehen, er wich gleichsam schüchtern zurück; dergleichen handfeste Erfahrung in der Menschenkunde war ihm noch nie vorgekommen. Er lächelte das Weib freundlich an: »Entrüste dich nicht! Ich bin kein Menschenfresser, wie du wähnest, will dir und deinen Kindern auch keines Leides tun: aber laß mir den Knaben; der Schreier gefällt mir, will ihn halten wie einen

Junker, will ihn in Sammet und Seide kleiden und einen wackeren Kerl aus ihm ziehen, der Vater und Brüder einst nähren soll. Fordere hundert Schreckenberger, ich zahle sie dir.«

»Ha!« lachte das rasche Weib, »gefällt Euch der Junge? Ja das ist ein Junge wie 'n Daus, der wäre mir nicht um aller Welt Schätze feil.«

»Törin!« versetzte Rübezahl, »hast du nicht noch drei Kinder, die dir Last und Überdruß machen! Mußt sie kümmerlich nähren und dich mit ihnen plagen Tag und Nacht.«

Das Weib: »Wohl wahr, aber dafür bin ich Mutter, muß tun, was meines Berufes ist. Kinder machen Überlast, aber auch manche Freude.«

Der Geist: »Schöne Freude, sich mit den Bälgen tagtäglich zu schleppen, sie zu gängeln, zu säubern, ihre Unart und Geschrei zu ertragen!«

Sie: »Wahrlich, Herr, Ihr kennt die Mutterfreuden wenig. Alle Arbeit und Mühe versüßt ein einziger freundlicher Anblick, das holde Lächeln und Lallen der kleinen unschuldigen Würmer. – Seht mir nur den Goldjungen da, wie er an mir hängt, der kleine Schmeichler! Nun ist er's nicht gewesen, der geschrien hat. – Ach, hätte ich doch hundert Hände, die euch heben und tragen und für euch arbeiten könnten, ihr lieben Kleinen!«

Der Geist: »So! hat denn dein Mann keine Hände, die arbeiten können?«

Sie: »O ja, die hat er! Er rührt sie auch, und ich fühl's zuweilen.«

Der Geist, aufgebracht: »Wie? Dein Mann erkühnt sich, die Hand gegen dich aufzuheben? gegen solch ein Weib? Das Genick will ich ihm brechen, dem Mörder!«

Sie, lachend: »Da hättet Ihr traun viel Hälse zu brechen, wenn alle Männer mit dem Halse büßen sollten, die sich an der Frau vergreifen. Die Männer sind ein schlimmes Volk;

drum heißt's: Ehstand, Wehstand; muß mich drein ergeben, warum hab' ich gefreit.«

Der Geist: »Nun ja, wenn du wußtest, daß die Männer ein schlimmes Volk sind, so war's auch ein dummer Streich, daß du freitest.«

Sie: »Mag wohl! Aber Steffen war ein flinker Kerl, der guten Erwerb hatte, und ich eine arme Dirne ohne Heiratsgut. Da kam er zu mir, begehrte mich zur Eh', gab mir einen Wildemannstaler auf den Kauf, und der Handel war gemacht. Nachher hat er mir den Taler wieder abgenommen, aber den wilden Mann hab' ich noch.«

Der Geist lächelte. »Vielleicht hast du ihn wild gemacht durch deinen Starrsinn.«

Sie: »O, den hat er mir schon ausgetrieben! Aber Steffen ist ein Knauser; wenn ich ihm einen Engelgroschen abfordere, so rast er im Hause ärger als Ihr zuzeiten im Gebirge, wirft mir meine Armut vor, und da muß ich schweigen. Wenn ich ihm eine Aussteuer zugebracht hätte, wollt' ich ihm schon den Daumen aufs Auge halten.«

Der Geist: »Was treibt dein Mann für ein Gewerbe?«

Sie: »Er ist ein Glashändler, muß sich seinen Erwerb auch lassen sauer werden; schleppt der arme Tropf die schwere Bürde aus Böhmen herüber jahraus, jahrein; wenn ihm nun unterwegs ein Glas zerbricht, muß ich's und die armen Kinder freilich entgelten; aber Liebesschläge tun nicht weh.«

Der Geist: »Du kannst den Mann noch lieben, der dir so übel mitspielt?«

Sie: »Warum nicht lieben? Ist er nicht der Vater meiner Kinder? Die werden alles gutmachen und uns wohl lohnen, wenn sie groß sind.«

Der Geist: »Leidiger Trost! Die Kinder danken auch der Eltern Müh' und Sorgen! Werden dir die Jungen den letzten Heller aus dem Schweißtuch pressen, wenn sie der Kaiser zum Heere schickt ins ferne Ungerland, daß die Türken sie erschlagen.«

Das Weib: »Ei nun, das kümmert mich auch nicht; werden sie erschlagen, so sterben sie für den Kaiser und fürs Vaterland in ihrem Beruf; können aber auch Beute machen und die alten Eltern pflegen.«

Hierauf erneuerte der Geist den Knabenhandel nochmals; doch das Weib würdigte ihn keiner Antwort, raffte das Laub in den Korb, band oben drauf den kleinen Schreier mit der Leibschnur fest, und Rübezahl wandte sich als wollt' er fürder gehen. Weil aber die Bürde zu schwer war, daß das Weib nicht aufkommen konnte, rief sie ihn zurück: »Ich hab' Euch einmal gerufen«, sprach sie, »helft mir nun auch auf, und wenn Ihr ein übriges tun wollt, so schenkt dem Knaben, der Euch gefallen hat, ein Gutfreitagsgröschel zu einem Paar Semmeln; morgen kommt der Vater heim, der wird uns Weißbrot aus Böhmen mitbringen.« Der Geist antwortete: »Aufhelfen will ich dir wohl; aber gibst du mir den Knaben nicht, so soll er auch keine Spende haben.« »Auch gut!« versetzte das Weib, und ging ihres Weges.

Je weiter sie ging, je schwerer wurde der Korb, daß sie unter der Last schier erlag, und alle zehn Schritte verschnauben mußte. Das schien ihr nicht mit rechten Dingen zuzugehen; sie wähnte, Rübezahl habe ihr einen Possen gespielt und eine Last unter das Laub versteckt; darum setzte sie den Korb ab auf dem nächsten Rande und stürzte ihn um. Doch es fielen eitel Laubblätter heraus und keine Steine. Also füllte sie ihn wieder zur Hälfte und raffte noch so viel Laub ins Vortuch, als sie darein fassen konnte; aber bald ward ihr die Last von neuem zu schwer, und sie mußte nochmals ausleeren, welches die rüstige Frau groß wundernahm; denn sie hatte gar oft hochgetürmte Graslasten heimgetragen und solche Mattigkeit noch nie gefühlt. Demungeachtet beschickte sie bei ihrer Heimkunft den Haushalt, warf den Ziegen und den jungen Hipplein das Laub vor, gab den Kindern das Abendbrot, brachte sie in Schlaf, betete ihren Abendsegen und schlief flugs und fröhlich ein.

Die frühe Morgenröte und der wache Säugling, der mit lauter Stimme sein Frühstück heischte, weckten das geschäftige Weib zu ihrem Tagewerk aus dem gesunden Schlaf. Sie ging zuerst mit dem Melkfasse ihrer Gewohnheit nach zum Ziegenstalle. Welch schreckensvoller Anblick! Das gute, nahrhafte Haustier, die alte Ziege, lag da hart und steif, hatte alle viere von sich gestreckt und war verschieden; die Hipplein aber verdrehten die Augen gräßlich im Kopfe, steckten die Zunge von sich, und gewaltsame Zuckungen verrieten, daß sie der Tod ebenfalls schüttelte. So ein Unglücksfall war der guten Frau noch nicht begegnet, seitdem sie wirtschaftete; ganz betäubt von Schrecken sank sie auf ein Bündlein Stroh hin, hielt die Schürze vor die Augen, denn sie konnte den Jammer nicht ansehen, und erseufzte tief: »Ich unglückliches Weib, was fang' ich an! Und was wird mein harter Mann beginnen, wenn er nach Hause kommt? Ach, hin ist mein ganzer Gottessegen auf dieser Welt!« – Augenblicklich strafte sie das Herz dieses Gedankens wegen. »Wenn das liebe Vieh dein ganzer Gottessegen ist auf dieser Welt, was ist denn Steffen, und was sind deine Kinder?« Sie schämte sich ihrer Übereilung; laß fahren dahin aller Welt Reichtum, dachte sie, hast du doch noch deinen Mann und deine vier Kinder. Ist doch die Milchquelle für den lieben Säugling noch nicht versiegt, und für die übrigen Kinder ist Wasser im Brunnen. Wenn's auch einen Strauß mit Steffen absetzt und er mich übel schlägt, was ist's mehr als ein böses Ehestündlein? Habe ich doch nichts verwahrloset. Die Ernte steht bevor, da kann ich schneiden gehn, und auf den Winter will ich spinnen bis in die tiefe Mitternacht; eine Ziege wird ja wohl wieder zu erwerben sein, und habe ich die, so wird's auch nicht an Hipplein fehlen.

Indem sie das bei sich gedachte, ward sie wieder frohen Mutes, trocknete ab ihre Tränen, und wie sie die Augen aufhob, lag da vor ihren Füßen ein Blättlein, das flitterte und blinkte so hell, so hochgelb wie gediegen Gold; sie hob es auf, besah's und es war schwer wie Gold. Rasch sprang sie auf, lief damit zu ihrer Nachbarin, der Judenfrau, zeigte ihr den

Fund mit großer Freude, und die Jüdin erkannte es für reines Gold, schacherte es ihr ab und zählte ihr dafür zwei Dicktaler bar auf den Tisch. Vergessen war nun all ihr Herzeleid. Solchen Schatz an Barschaft hatte das arme Weib noch nie im Besitz gehabt. Sie lief zum Bäcker, kaufte Strötzel und Butterkringel und eine Hammelkeule für Steffen, die sie zurichten wollte, wenn er müde und hungrig auf den Abend von der Reise käme. Wie zappelten die Kleinen der fröhlichen Mutter entgegen, da sie hereintrat und ihnen ein so ungewohntes Frühstück austeilte! Sie überließ sich ganz der mütterlichen Freude, die hungrige Kinderschar abzufüttern; und nun war ihre erste Sorge, das ihrer Meinung nach von einer Unholdin getötete Vieh beiseite zu schaffen und dieses häusliche Unglück vor dem Manne solange als möglich zu verheimlichen. Aber ihr Erstaunen ging über alles, als sie von ungefähr in den Futtertrog sah und einen ganzen Haufen goldener Blätter darin erblickte. Wenn sie der griechischen Volksmärchen kundig gewesen wäre, so würde sie leicht darauf geraten haben, daß ihr liebes Hausvieh an der Krankheit des Königs Midas gestorben sei. Ihr ahnte gleichwohl so etwas; darum schärfte sie geschwind das Küchenmesser, brach den Ziegenleichnam auf und fand im Magenschlunde einen Klumpen Gold, so groß als ein Paulinerapfel, und so auch nach Verhältnis in den Magen der Zicklein.

Jetzt wußte sie ihres Reichtums kein Ende; doch mit der Besitznehmung empfand sie auch die drückenden Sorgen desselben; sie wurde unruhig, scheu, fühlte Herzklopfen, wußte nicht, ob sie den Schatz in die Lade verschließen oder in den Keller vergraben sollte, fürchtete Diebe und Schatzgräber, wollte auch den Knauser Steffen nicht gleich alles wissen lassen, aus gerechter Besorgnis, daß er, vom Wuchergeist angetrieben, den Mammon an sich nehmen und sie dennoch nebst den Kindern darben lassen möchte. Sie sann lange, wie sie's klug damit anstellen möchte, und fand keinen Rat.

Da nun aber der Pfarrer im Dorfe der Schutzpatron aller bedrängten Weiber war, so nahm sie ihre Zuflucht zu dem trostreichen Seelenpfleger, berichtete ihm unverhohlen das Abenteuer mit Rübezahl, wie er ihr zu großem Reichtum verholfen, und was sie dabei für Anliegen habe, belegte auch die Wahrheit der Sache mit dem ganzen Schatze, den sie bei sich trug. Der Pfarrer bekreuzte sich über das Wunderbare dieser Begebenheit mächtig, freute sich gleichwohl über das Glück des armen Weibes und rückte darauf sein Käpplein hin und her, für sie guten Rat zu suchen, um ohne Spuk und Aufsehen sie im ruhigen Besitz ihres Reichtums zu erhalten und auch Mittel auszufinden, daß der zähe Steffen sich desselben nicht bemächtigen könne.

Nachdem er lange nachgesonnen hatte, redete er also: »Hör an, meine Tochter, ich weiß guten Rat für alles. Wäge mir das Gold zu, daß ich's dir getreulich aufbewahre; dann will ich einen Brief schreiben in wälscher Sprache, der soll dahin lauten: Dein Bruder, der vor Jahren in die Fremde ging, sei in der Venediger Dienst nach Indien gesegelt und daselbst gestorben, und habe all sein Gut dir im Testament vermacht, mit der Bedingung, daß der Pfarrer des Kirchspiels dich bevormunde, damit es dir allein und keinem andern zunutz komme. Ich begehre weder Lohn noch Dank von dir; nur gedenke, daß du der heiligen Kirche einen Dank schuldig bist für den Segen, den dir der Himmel beschert hat, und gelobe ein reiches Meßgewand in die Sakristei.« Dieser Rat behagte dem Weibe herrlich; sie gelobte dem Pfarrer das Meßgewand; er wog in ihrem Beisein das Gold gewissenhaft bis auf ein Quentchen aus, legte es in den Kirchenschatz, und das Weib schied mit frohem und leichtem Herzen von ihm.

Rübezahl war nicht minder Weiberpatron als der gutmütige Priester zu Kirsdorf, doch mit Unterschied. Der letztere verehrte das weibliche Geschlecht überhaupt, weil, wie er sagte, die heilige Jungfrau dazu gehöre, ohne gegen einzelne Frauen eine Vorliebe blicken zu lassen; jener im Gegenteil haßte das ganze Geschlecht um eines Mädchens willen, das ihn überlistet hatte, ob ihn gleich seine Launen zuweilen auf den milden Ton stimmten, ein einzelnes Weiblein in Schutz zu nehmen und ihr gefällig zu sein. Sosehr die wackere Dörferin mit ihren Gesinnungen und Benehmen seine Gewogenheit erworben hatte, so ungehalten war er auf den barschen Steffen, trug groß Verlangen, das biedere Weib an ihm zu rächen, ihm einen Possen zu spielen, daß ihm angst und weh dabei würde, und ihn dadurch so kirre zu machen, daß er der Frau untertan würde, und sie ihm nach Wunsche den Daumen aufs Auge halten könne. Zu diesem Behuf sattelte er den raschen Morgenwind, saß auf und galoppierte über Berg und Tal, spionierte wie ein Ausreiter auf allen Landstraßen und Kreuzwegen von Böhmen her, und wo er einen Wanderer erblickte, der eine Bürde trug, war er hinter ihm her und forschte mit dem Scharfblick eines Korbbeschauers nach seiner Ladung. Zum Glück führte kein Wanderer, der diese Straße zog, Glasware, sonst hätte er für Schaden und Spott nicht sorgen dürfen, ohne einen Ersatz zu hoffen, wenn er auch gleich der Mann nicht gewesen wäre, den Rübezahl suchte.

Bei diesen Anstalten konnte ihm der schwerbeladene Steffen allerdings nicht entgehen. Um Vesperzeit kam ein rüstiger frischer Mann angeschritten, mit einer großen Bürde auf dem Rücken. Unter seinem festen, sicheren Tritt ertönte jedesmal die Last, die er trug. Der Laurer freute sich, sobald er ihn in der Ferne witterte, daß ihm nun seine Beute gewiß war und rüstete sich, seinen Meisterstreich auszuführen. Der keuchende Steffen hatte beinahe das Gebirge erstiegen; nur die letzte Anhöhe war noch zu gewinnen, so ging es bergab nach der Heimat zu, darum sputete er sich, den Gipfel zu erklimmen; aber der Berg war steil und die Last war schwer. Er mußte mehr als einmal ruhen, stützte den knotigen Stab unter den Korb, um das drückende Gewicht desselben zu mindern, und trocknete den Schweiß, der ihm in großen Tropfen vor der Stirne stand. Mit Anstrengung der letzten Kräfte erreichte er endlich die Zinne des Berges, und ein schöner gerader Pfad führte zu dessen Abhang. Mitten am Wege lag ein abgesägter Fichtenbaum, und der Überrest des Stammes stand daneben, kerzengerade und aufrecht, oben geebnet wie ein Tischblatt. Ringsumher grünte Tunkagras, Schwallenzagel und Marienflachs. Dieser Anblick war dem ermüdeten Lastträger so anlockend und zu einem Ruheplatz so bequem, daß er alsbald den schweren Korb auf den Klotz absetzte und sich gegenüber im Schatten auf das weiche Gras streckte. Hier übersann er, wieviel reinen Gewinn ihm seine Ware diesmal einbringen würde, und fand nach genauem Überschlag, daß, wenn er keinen Groschen ins Haus verwendete, und die fleißige Hand seines Weibes für Nahrung und Kleidung sorgen ließe, er gerade soviel lösen würde, auf dem Markte zu Schmiedeberg sich einen Esel zu kaufen und zu befrachten. Der Gedanke, wie er in Zukunft dem Grauschimmel die Last aufbürden und gemächlich nebenher gehen würde, war ihm zu der Zeit, wo seine Schultern eben wundgedrückt waren, so herzerquikkend, daß er ihm, wie es bei frohen Plänen sehr natürlich ist, weiter nachhing. Ist einmal der Esel da, dachte er, so soll mir bald ein Pferd draus werden, und hab ich nun den Rappen im Stalle, so wird sich auch ein Acker dazu finden, darauf sein Hafer wächst. Aus einem Acker werden dann leicht zwei, aus zweien vier, mit der Zeit eine Hufe und endlich ein Bauerngut, und dann soll Ilse auch einen neuen Rock haben.

Er war ganz in sein Sinnieren versunken, da tummelte Rübezahl seinen Wirbelwind um den Holzstock herum und stürzte mit einemmal den Glaskorb herunter, daß der zerbrechliche Kram in tausend Stücken zerfiel. Das war ein Donnerschlag in Steffens Herz; zugleich vernahm er in der Ferne ein lautes Gelächter, wenn's anders nicht Täuschung war und das Echo den Laut der zerschellten Gläser nur wieder zurückgab. Er nahm's für Schadenfreude, und weil ihm der unmäßige Windstoß unnatürlich schien, auch, da er recht zusah, Klotz und Baum verschwunden waren, so riet er leicht auf den Unglücksstifter. »O!« wehklagte er, »Rübezahl, du

Schadenfroh, was habe ich dir getan, daß du mein Stückchen Brot mir nimmst, meinen sauren Schweiß und Blut! Ach, ich geschlagener Mann auf Lebenszeit!« Hierauf geriet er in eine Art von Wut, stieß alle erdenklichen Schmähreden gegen den Berggeist aus, um ihn zum Zorn zu reizen. »Halunke«, rief er, »komm und erwürge mich, nachdem du mir mein alles auf der Welt genommen hast!« In der Tat war ihm auch das Leben in dem Augenblick nicht mehr wert als ein zerbrochen Glas; Rübezahl ließ indessen weiter nichts von sich sehen und hören.

Der verarmte Steffen mußte sich entschließen, wenn er nicht den ledigen Korb nach Hause tragen wollte, die Bruchstücke zusammen zu lesen, um auf der Glashütte wenigstens ein Paar Spitzgläser zum Anfang eines neuen Gewerbes dafür einzutauschen. Tiefsinnig wie ein Reeder, dessen Schiff der gefräßige Ozean mit Mann und Maus verschlungen hat, ging er das Gebirge hinab, schlug sich mit tausend schwermütigen Gedanken, machte zwischenein dennoch auch allerlei Spekulationen, wie er den Schaden ersetzen und seinem Handel wieder aufhelfen könne. Da fielen ihm die Ziegen ein, die seine Frau im Stalle hatte; doch sie liebte sie schier wie ihre Kinder, und im guten, wußte er, waren sie ihr nicht abzugewinnen. Darum erdachte er diesen Kniff, von seinem Verluste gar nicht daheim zu reden, auch nicht bei Tage in seine Wohnung zurückzukehren, sondern um Mitternacht sich ins Haus zu stehlen, die Ziegen nach Schmiedeberg auf den Markt zu treiben und das daraus gelöste Geld zum Ankauf neuer Ware zu verwenden, bei seiner Zurückkunft aber mit dem Weibe zu hadern und sich bärbeißig zu stellen, als habe sie durch Unachtsamkelt das Vieh in seiner Abwesenheit stehlen lassen.

Mit diesem wohlersonnenen Vorhaben schlich der unglückliche Scherbensammler nahe beim Dorfe in einen Busch und erwartete mit sehnlichem Verlangen die Mitternachtsstunde, um sich selbst zu bestehlen. Mit dem Schlag zwölf machte er sich auf den Diebsweg, kletterte über die niedrige Hoftür, öffnete sie von innen und schlich mit Herzpochen zum Ziegenstalle; er hatte doch Scheu unh Furcht vor seinem Weibe, auf einer unrechten Tat sich erfinden zu lassen. Wider Gewohnheit war der Stall unverschlossen, was ihn wundernahm, ob's ihn gleich freute; denn er fand in dieser Fahrlässigkeit einen Schein Rechtens, sein Vornehmen damit zu beschönigen. Aber im Stalle fand er alles öde und wüste; da war nichts, was Leben und Odem hatte, weder Ziege noch Böcklein. Im ersten Schrecken vermeinte er, es habe ihm bereits ein Diebsgeselle vorgegriffen, dem das Stehlen geläufiger sei als ihm; denn Unglück kommt selten allein. Bestürzt sank er auf die Streu und überließ sich, da ihm auch der letzte Versuch, seinen Handel wieder in Gang zu bringen, mißlungen war, einer dumpfen Traurigkeit.

Seitdem die geschäftige Ilse vom Pfarrer wieder zurück war, hatte sie mit frohem Mute alles fleißig zugeschickt, ihren Mann mit einer guten Mahlzeit zu empfangen, wozu sie den geistlichen Freund auch eingeladen hatte, welcher verhieß, ein Kännlein Speisewein mitzubringen, um beim fröhlichen Gelag dem aufgemunterten Steffen von der reichen Erbschaft des Weibes Bericht zu geben, und unter welcherlei Bedingungen er daran Genuß und Anteil haben solle. Sie sah gegen Abendzeit fleißig zum Fenster hinaus, ob Steffen käme, lief aus Ungeduld hinaus vors Dorf, blickte mit ihren schwarzen Augen gegen die Landstraße hin, war bekümmert, warum er so lange weile, und da die Nacht hereinbrach, folgten ihr bange Sorgen und Ahnungen in die Bettkammer, ohne daß sie ans Abendbrot dachte. Lange kam ihr kein Schlaf in die ausgeweinten Augen bis sie gegen Morgen in einen unruhigen, matten Schlummer fiel. Den armen Steffen quälten Verdruß und Langeweile im Ziegenstalle nicht minder; er war so niedergedrückt und kleinlaut, pochte ganz verzagt an und rief mit wehmütiger Stimme: »Liebes Weib, erwache und tue auf deinem Manne!« Sobald Ilse seine Stimme vernahm, sprang sie flink vom Lager wie ein munteres Reh, lief an die Tür und umhalste ihren Mann mit Freuden; er aber erwiderte diese herzigen Liebkosungen gar kalt und frostig, setzte seinen Korb ab und warf sich mißmutig auf die Bank. Wie das fröhliche Weib das Jammerbild sah, ging's ihr ans Herz. »Was fehlt dir, lieber Mann«, sprach sie bestürzt, »was hast du?« Er antwortete nur durch Stöhnen und Seufzen; dennoch frug sie ihm bald die Ursache des Kummers ab, und weil ihm das Herz zu voll war, konnte er sein erlittenes Unglück dem trauten Weibe nicht länger verhehlen. Da sie vernahm, daß Rübezahl den Schabernack verübt hatte, erriet sie leicht die wohltätige Absicht des Geistes und konnte sich des Lachens nicht erwehren, welches Steffen bei mutigerer Gemütsfassung ihr übel würde gelohnt haben. Jetzt ahndete er den scheinbaren Leichtsinn nicht weiter und frug nur ängstlich nach dem Ziegenvieh. Das reizte noch mehr des Weibes Lachen, da sie bemerkte, daß der Hausvogt schon allenthalben umher spioniert hatte. »Was kümmert dich mein Vieh?« sprach sie, »hast du doch noch nicht nach den Kindern gefragt; das Vieh ist wohl aufgehoben draußen auf der Weide. Laß dich auch den Tück von Rübezahl nicht anfechten, und gräme dich nicht; wer weiß, wo er oder ein anderer uns reichen Ersatz dafür gibt.« »Da kannst du lange warten«, sprach der Hoffnungslose. »Ei nun«, versetzte das Weib »Unverhofft kommt oft. Sei unverzagt, Steffen! hast du gleich keine Gläser und ich keine Ziegen mehr, so haben wir doch vier gesunde Kinder und vier gesunde Arme, sie und uns zu ernähren; das ist unser ganzer Reichtum.« »Ach, daß es Gott erbarme!« rief der bedrängte Mann, »sind die Ziegen fort, so trage die vier Bälge nur gleich ins Wasser, nähren kann ich sie nicht.« »Nun so kann ich's«, sprach Ilse.

Bei diesen Worten trat der freundliche Pfarrer herein, hatte vor der Tür schon die ganze Unterredung abgelauscht, nahm das Wort, hielt Steffen eine lange Predigt über den Text, daß der Geiz eine Wurzel alles Übels sei; und nachdem er ihm das Gesetz genugsam eingeschärft hatte, verkündigte er ihm nun auch das Evangelium von der reichen Erbschaft des Weibes, zog den wälschen Brief heraus und verdolmetschte ihm daraus, daß der derzeitige Seelsorger in Kirsdorf zum Vollstrecker des Testaments bestellt sei und die Verlassenschaft des abgeschiedenen Schwagers zu sicherer Hand bereits empfangen habe.

Steffen stand da wie ein stummer Ölgötz', konnte nichts als sich dann und wann verneigen, wenn bei Erwähnung der durchlauchten Republik Venedig der Pfarrer ehrerbietig ans Käpplein griff. Nachdem er wieder zu mehrer Besonnenheit gelangt war, fiel er dem trauten Weibe herzig in die Arme und tat ihr die zweite Liebeserklärung in seinem Leben, so warm als die erste, und ob sie wohl jetzt aus andern Beweggründen abstammte, so nahm sie Ilse doch für gut auf. Steffen wurde von nun an der geschmeidigste gefälligste Ehemann, ein liebevoller Vater seiner Kinder und dabei ein fleißiger ordentlicher Wirt; denn Müßiggang war nicht seine Sache.

Der redliche Pfarrer verwandelte nach und nach das Gold in klingende Münze und kaufte davon ein großes Bauerngut, worauf Steffen und Ilse wirtschafteten ihr Leben lang. Den Überschuß lieh er auf Zins aus und verwaltete das Kapital seiner Kurandin so gewissenhaft als den Kirchenschatz, nahm keinen andern Lohn dafür als ein Meßgewand, das Ilse so prächtig machen ließ, daß kein Erzbischof sich desselben hätte schämen dürfen.

Die zärtliche treue Mutter erlebte noch im Alter große Freude an ihren Kindern, und Rübezahls Günstling wurde gar ein wackerer Mann, diente im Heer des Kaisers lange Zeit unter Wallenstein im Dreißigjährigen Kriege und kam als Kriegsmann gewaltig zu Ehren.

## Fünfte Legende

Seitdem Mutter Ilse von dem Gnomen so herrlich war dotiert worden, ließ er lange Zeit nichts wieder von sich hören. Zwar trug sich das Volk mit allerlei Wundergeschichten, welche die Phantasie der Hausmütter in geselligen Winterabenden so lang und fein ausspann als den Faden am Rocken; es war aber eitel Fabelei zur Kurzweil ausgedacht. Der Gräfin Cäcilie, Voltairens Zeitgenossin und Schülerin, war noch in unsern Tagen die letzte Begegnung mit dem Gnomen aufbehalten, bevor er seine jüngste Hinabfahrt in die Unterwelt antrat.

Diese Dame, mit all den vornehmen Gebrechen beladen, welche die gallische Küche und Sitte den verzärtelten Töchtern mitgibt, machte nebst zwei gesunden blühenden Töchtern die Reise ins Karlsbad. Die Mutter verlangte so sehr nach der Badekur und die Fräuleins nach der Badegesellschaft, nach den Bällen, Serenaden und den übrigen Lustbarkeiten des Bades, daß sie sonder Rast Tag und Nacht reisten. Es traf sich, daß sie gerade mit Sonnenuntergang ins Riesengebirge gelangten. Es war ein schöner warmer Sommerabend, kein Lüftchen regte sich. Der nächtliche Himmel, mit funkelnden Sternen besät, die goldne Mondsichel, deren milchfarbenes Licht die schwarzen Waldschatten der hohen Fichten milderte, und die beweglichen Funken unzähliger leuchtender Insekten, die in den Gebüschen scherzten, gaben die Beleuchtung zu einer der schönsten Naturszenen, wiewohl die Reisegesellschaft wenig davon wahrnahm; denn Mama war, da es gemachsam bergan ging, von der schaukelnden Bewegung des Wagens in sanften Schlummer gewiegt worden, und die Töchter nebst der Zofe hatten sich jede in ein Eckchen gedrückt und schlummerten gleichfalls. Nur dem wachsamen Johann kam auf der hohen Warte des Kutschbockes kein Schlaf in die Augen; alle Geschichten von Rübezahl, die er vor Zeiten so inbrünstig angehört hatte, kamen ihm jetzt auf dem Tummelplatz dieser Abenteuer wieder in den Sinn, und er hätte wohl gewünscht, nie etwas davon gehört zu haben. Ach, wie sehnte er sich nach dem sicheren Breslau zurück, wohin sich nicht leicht ein Gespenst wagte! Er sah schüchtern auf alle Seiten umher und durchlief mit den Augen oft alle zweiunddreißig Regionen der Windrose in weniger als einer Minute, und wenn er etwas ansichtig wurde, das ihm bedenklich schien, lief ihm ein kalter Schauer den Rücken herunter, und die Haare stiegen ihm zu Berge. Zuweilen ließ er seine Besorgnisse den Schwager Postillion merken und forschte mit Fleiß von ihm, ob's auch geheuer sei im Gebirge. Wiewohl ihm dieser nun die heile Haut durch eine kräftigen Fuhrmannsschwur verbürgte, bangte ihm doch das Herz unablässig.

Nach einer langen Pause der Unterredung hielt der Postkutscher die Pferde an, murmelte etwas zwischen den Zähnen und fuhr weiter, hielt nochmals an und wechselte so verschiedentlich. Johann, der seine Augen fest geschlossen hatte, ahnte aus diesem Kutschermanöver nichts Gutes, blickte schüchtern auf und sah mit Entsetzen in der Weite eines Steinwurfs vor dem Wagen eine pechrabenschwarze Gestalt daherwandeln, von übermenschlicher Größe, mit einem weißen spanischen Halskragen angetan, und das Bedenklichste bei der Sache war, daß der Schwarzmantel keinen Kopf hatte. Hielt der Wagen, so stand der Wanderer, und regte

Wipprecht die Pferde an, so ging er auch fürder. »Schwager, siehst du was!« rief der zaghafte Tropf vom hohen Kutschbock herab mit berganstehendem Haar. »Freilich seh' ich was«, antwortete dieser ganz kleinlaut; »aber schweig nur, daß wir nicht auffallen.« Johann waffnete sich mit allen Stoßgebetlein, die er wußte, schwitzte dabei vor Angst kalten Todesschweiß. Und wie ein Blitzscheuer, wenn's in der Nacht wetterleuchtet und der Donner noch in der Ferne rollt, schon das ganze Haus rege macht, um sich durch die Geselligkeit vor der gefürchteten Gefahr zu sichern, so suchte aus dem nämlichen Instinkt der verzagte Diener Trost und Schutz bei seiner schlummernden Herrschaft und klopfte hastig ans Fensterglas. Die erwachende Gräfin, unwillig, daß sie aus ihrem sanften Schlummer gestört wurde, fragte: »Was gibt's?« »Ihr Gnaden, schaun Sie einmal aus«, rief Johann mit zagender Stimme, »dort geht ein Mann ohne Kopf.« »Dummkopf, der du bist«, antwortete die Gräfin, »was träumt deine Phantasie für Fratzen! Und wenn dem so wäre«, fuhr sie scherzhaft fort, »so ist ja ein kopfloser Mann keine Seltenheit, es gibt deren allerorten genug.« Die Fräuleins konnten indessen den Witz der gnädigen Mama diesmal nicht schmecken; ihr Herz war beklommen vor Schrecken, sie schmiegten sich schüchtern an die Mutter an, bebten und jammerten: »Ach, das ist Rübezahl, der Bergmönch!« Die Dame aber, die von der Geisterwelt eine ganz andere Meinung hatte als die Töchter und an keine Geister glaubte, strafte die Fräuleins dieser Vorurteile halber, bewies, daß alle Gespenster- und Spukgeschichten Ausgeburten einer erregten Einbildungskraft wären, und erklärte mit lehrhafter Weisheit die Geistererscheinungen samt und sonders aus natürlichen Ursachen.

Ihre Zunge war eben in vollem Gange, als der Schwarzmantel, der auf einige Augenblicke dem Gespensterspäher aus den Augen geschwunden war, wieder aus dem Busch hervor an den Weg trat. da war nun deutlich wahrzunehmen, daß

Johann falsch gesehen hatte; der Wandersmann hatte allerdings einen Kopf, nur daß er ihn nicht wie gewöhnlich zwischen den Schultern, sondern wie einen Schoßhund im Arme trug. Dieses Schreckbild in der Weite von drei Schritten erregte innerhalb und außerhalb des Wagens groß Entsetzen. Die holden Fräuleins und die Zofe, welche sonst nicht gewohnt war mit dreinzureden, wenn ihre junge Herrschaft das Wort führte, taten aus einem Munde einen lauten Schrei, ließen den seidenen Vorhang herabrollen, um nichts zu sehen, und verbargen ihr Angesicht wie der Vogel Strauß, wenn er dem Jäger nicht mehr entrinnen kann. Mama schlug mit stummem Schrecken die Hände zusammen, und ihre Gebärdung ließ vermuten, daß sie insgeheim ihre zuversichtlichen Behauptungen gegen die Gespenster nicht aufrechterhielt. Johann, auf den der furchtbare Schwarzmantel ein besonderes Absehen gerichtet zu haben schien, erhob in der Angst seines Herzens das gewöhnliche Feldgeschrei, womit die Gespenster begrüßt zu werden pflegen: »Alle guten Geister –;« doch ehe er ausgeredet hatte, schleuderte ihm das Ungetüm den abgehauenen Kopf gegen die Stirn, daß er überzwerch von der Zinne des Polsters über dem Ringnagel herabstürzte; in dem nämlichen Augenblicke lag auch der Postkutscher durch einen kräftigen Keulenschlag zu Boden gestreckt, und die Erscheinung keuchte aus hohler Brust in dumpfem Ton diese Worte aus: »Nimm das von Rübezahl, dem Herrn des Gebirges, daß du ihm ins Gehege fuhrst! Verfallen ist mir Schiff, Geschirr und Ladung.« Hierauf schwang sich das Gespenst auf den Sattel, trieb die Pferde an und fuhr bergab, bergan, über Stock und Stein, daß vor dem Rasseln der Räder und dem Schnauben der Rosse von dem Angstgeschrei der Damen nichts hörbar war.

Urplötzlich vermehrte sich die Gesellschaft um eine Person; ein Reiter trabte ganz unbefangen neben dem Fuhrmann vorbei und schien es gar nicht zu bemerken, daß diesem der Kopf fehle; ritt vor dem Wagen her, als wenn er dazu gedungen wäre. Dem Schwarzmantel schien diese Gesellschaft eben nicht zu behagen, er lenkte nach einer andern Richtung, der Reiter tat dasselbe, und sooft auch jener aus dem Wege bog, so konnte er den lästigen Geleitsmann nicht los werden, der wie zum Wagen gebannt war. Das nahm den Fuhrmann groß wunder, absonderlich da er deutlich wahrnahm, daß der Schimmel des Reisigen einen Fuß zuwenig hatte. Dabei wurde dem schwarzen Schaffner auf dem Sattelgaule nicht wohl zumute, und er fürchtete, seine Rübezahlsrolle dürfte bald ausgespielt sein, da der wahre Rübezahl sich ins Spiel zu mischen schien.

Nach Verlauf einiger Zeit drehte sich der Reiter, daß er dicht neben den Fuhrmann kam, und frug ihn ganz traulich: »Landsmann ohne Kopf, wo geht die Reise hin?« »Wo wird's hingehen«, antwortete das Kutschergespenst mit furchtbarem Trutz, »wie Ihr seht, der Nase nach.« »Wohl!« sprach der Reiter, »laß sehen, Gesell, wo du die Nase hast!« Drauf fiel er den Pferden in die Zügel, packte den Schwarzmantel beim Leibe und warf ihn so kräftig zur Erde, daß ihm alle Gliedmaßen dröhnten; denn das Gespenst hatte Fleisch und Bein, wie sie ordentlicherweise zu haben pflegen. Behend war der Tabarro entlarvt; da kam ein wohlgebildeter Krauskopf zum Vorschein, der gestaltet war wie ein gewöhnlicher Mensch. Weil sich nun der Schalk entdeckt sah und die schwere Hand seines Gegners fürchtete, auch nicht zweifelte, der Reisige sei der leibhaftige Rübezahl, den er nachzuäffen sich unterfangen hatte, ergab er sich auf Gnade und Ungnade und bat flehentlich um sein Leben. »Gestrenger Gebirgsherr«, sprach er, »habt Erbarmen mit einem Unglücklichen, der die Fußtritte des Schicksals von Jugend auf erfahren hat, der nie sein durfte, was er wollte, der jederzeit aus seiner Bahn mit Gewalt herausgestoßen wurde.«

Diese Anrede war ein Wort geredet zu seiner Zeit. Der Gnome war gegen seinen Rival sehr ergrimmt und würde, nach dem Beispiel der oft belobten Hirschberger Justizpflege, augenblicklich mit Exekution gegen den Wicht verfahren sein und ihn erdrosselt haben, wenn nicht seine Neugierde wäre rege gemacht worden, die Schicksale des Abenteurers zu vernehmen. »Sitz auf, Gesell«, sprach er, »und tue, was du geheißen wirst.« Drauf zog er vorerst dem Schimmel den vierten Fuß zwischen den Rippen hervor, trat an den Schlag, öffnete solchen und wollte die Reisegesellschaft freundlich begrüßen.

Aber drinnen war's stille wie in einer Totengruft; der übermäßige Schreken hatte das Nervensystem der vier Insassen so gewaltsam erschüttert, daß alle Lebensgeister sich geflüchtet zu haben schienen; alles, was innerhalb des Wagens Leben und Odem hatte, von der gnädigen Frau bis auf die Zofe, lag in ohnmächtigem Hinbrüten. Der Reisige wußte indessen bald Rat zu schaffen; er schöpfte aus dem vorüberrieselnden Bächlein einer frischen Bergquelle seinen Hut voll Wasser, sprengte den erstorbenen Damen davon ins Gesichte, hielt ihnen das Riechglas vor, rieb ihnen von der flüchtigen Essenz in die Schläfe und brachte sie wieder ins Leben. Sie schlugen eine nach der andern die Augen auf und erblickten einen wohlgestalteten Mann von unverdächtigem Ansehen, der durch seine Dienstbeflissenheit sich bald Zutrauen erwarb. »Es tut mir leid, meine Damen«, redete er sie an, »daß Sie in meinem Gerichtsbezirk von einem verlarvten Bösewicht sind beleidigt worden, der ohne Zweifel die Absicht hatte, Sie zu bestehlen; aber Sie sind in Sicherheit, ich bin der Oberst von Riesenthal. Erlauben Sie, daß ich Sie zu meiner Wohnung geleite, die nicht fern ist.« Diese Einladung kam der Gräfin sehr gelegen, sie nahm solche mit Freuden an; der Krauskopf bekam Befehl fortzufahren und gehorchte mit zagender Bereitwilligkeit. Um den Damen Zeit zu lassen, sich von ihrem Schrecken zu erholen, gesellte sich der Kavalier wieder zum Fuhrmann, hieß ihn bald rechts bald links wenden, und dieser bemerkte ganz eigentlich, daß der Ritter zuweilen eine von den herumschwirrenden Fledermäusen zu sich berief und ihr geheimen Befehl erteilte, was sein Grausen noch vermehrte.

In Zeit von einer Stunde blinkte in der Ferne ein Lichtlein, daraus wurden zwei und endlich vier; es kamen vier Jäger herangesprengt mit brennenden Windlichtern, die ihren Herrn, wie sie sagten, ängstlich gesucht hatten und erfreut schienen, ihn zu finden. Die Gräfin war nun wieder in vollem Gleichgewichte, und da sie sich außer Gefahr sah, dachte sie an den ehrlichen Johann und war um sein Schicksal

bekümmert. Sie eröffnete ihrem Schutzpatron dieses Anliegen, der alsbald zwei von den Jägern fortschickte, die beiden Unglückskameraden aufzusuchen und ihnen benötigten Beistand zu leisten. Bald darauf rollte der Wagen durchs düstere Burgtor in einen geraumen Vorhof hinein und hielt vor einem herrlichen Palast, der ganz erleuchtet war. Der Kavalier bot der Gräfin den Arm und führte sie in die Prachtgemächer seines Hauses in eine große Gesellschaft ein, die daselbst versammelt war. Die Fräuleins befanden sich in keiner geringen Verlegenheit, daß sie in Reisekleidern in einen so festlichen Kreis traten, ohne vorher ihre Toilette gemacht zu haben.

Nach den ersten Höflichkeitsbezeigungen gruppierte sich die Versammlung wieder in verschiedene kleine Zirkel, einige setzten sich zum Spiel, andere unterhielten sich durch Gespräche. Das Abenteuer wurde viel beredet und, wie es bei Erzählung überstandener Gefahren gewöhnlich der Fall ist, zu einem kleinen Roman ausgebildet, in welchem Mama sich gern die Rolle der Heldin zugeteilt hätte, wenn sich das Riechfläschchen des hilfreichen Ritters hätte wegleugnen lassen. Bald darauf führte der aufmerksame Wirt einen Mann ein, der recht wie gerufen kam; es war ein Arzt, der nach dem

Gesundheitszustand der Gräfin und ihrer schönen Töchter forschte, den Puls prüfte und mit bedeutender Miene mancherlei bedenkliche Beschwerden ahnete. Ob sich die Dame gleich so wohl befand als jemals, so machte ihr doch die angedrohte Gefahr für das Leben bange; denn aller Leibesbeschwerden ungeachtet, war ihr der gebrechliche Körper noch so lieb wie ein langgewohntes Kleid, das man nicht gern entbehrt, ob es gleich abgetragen ist. Auf Verordnung des Arztes verschluckte sie starke Dosen beruhigender Pulver und Tropfen, und die gesunden Töchter mußten wider Willen und Dank dem Beispiel der besorgten Mutter gleichfalls folgen.

Allzunachgibige Patienten machen strenge Ärzte; der blutdürstige Heilkünstler bestand nun sogar auf einem Aderlaß, und die Gräfin bequemte sich zu dem angerühmten Vorbeugungsmittel gegen alle schädlichen Wirkungen des Schrekkens unweigerlich. Die Fräuleins freilich bewog nur mit Mühe die Überredungskunst des Arztes und die mütterliche Autorität, daß sie die Furcht vor dem stählernen Zahn des Arztes überwanden und den Fuß ins Wasser setzten. Zuletzt kam auch die Kammerjungfer noch an den Reihen; ob sie gleich hoch beteuerte, sie sei so blutscheu, daß die kleinste

Verwundung von einer Nähnadel ihr Schwindel und Ohnmachten zu erregen pflege, so kehrte sich der unerbittliche Arzt doch an keinen Widerspruch, entstrumpfte den Fuß des Mädchens ohne Barmherzigkeit und bediente sie so kunstmäßig und sorgsam als ihre Herrschaft.

Diese Operation war kaum vollendet, so begab man sich zur Tafel in den Speisesaal, wo ein königliches Mahl aufgetischt wurde. Die Schenktische waren bis an den Karnies des Deckengewölbes mit Silberwerk aufgeputzt; es prangten da goldene und übergüldete Pokale und riesige Willkommen nebst den dazugehörigen Kredenzschalen von getriebener Arbeit. Eine herrliche Musik tönte aus den Nebenzimmern und flötete den leckerhaften Schmaus und die feinen Weine den Gästen lieblich hinunter. Nach dem Abhub der Schüsseln ordnete der Speisemeister das bunte Dessert, das aus Bergen und Felsen von gefärbtem Zucker und Gummi-Tragant bestand. Die Gräfin unterließ nicht, das alles in der Stille bei sich bewundernd zu beherzigen. Sie wendete sich an ihren bebänderten Stuhlnachbar, seiner Angabe nach einen böhmischen Grafen, frug neugierig, was für ein Festtag hier gefeiert werde, und erhielt zur Antwort, daß nichts Außerordentliches vorgehe, es sei nur eine freundschaftliche Vereinigung guter Bekannten, die hier zufälligerweise zusammenträfen. Es nahm sie wunder, von dem wohlhabenden gastfreien Obersten von Riesenthal weder in noch außerhalb Breslau nie ein Wort gehört zu haben, und so emsig sie auch die Geschlechtstafeln durchlief, wovon ihr Gedächtnis einen reichen Vorrat aufbewahrte, konnte sie doch diesen Namen darunter nicht ausfindig machen. Sie gedachte das von dem Wirte selbst zu erforschen, wovon sie Aufschluß und Belehrung begehrte; aber dieser wußte ihr so geschickt auszuweichen, daß sie nie mit ihm zum Zwecke kam. Geflissentlich riß er den Faden ab und zog die Unterredung in die luftigen Regionen des Geisterreiches hinüber; und in einer Gesellschaft, die sich auf den Ton der Geisterseherei stimmt, wird's selten bald Feierabend.

Ein wohlgenährter Domherr wußte viel wundersame Geschichten von Rübezahl mitzuteilen; man stritt für und wider die Wahrheit desselben; die Gräfin, die recht in ihrem Elemente war, wenn sie den Lehrton anstimmen und gegen Vorurteile zu Felde ziehen konnte, trieb einen gelähmten Finanzrat, an dem nichts Gelenkes war als die Zunge und der sich zu Rübezahls rechtlichem Anwalt aufwarf, durch ihre Starkgeisterei sehr in die Enge. »Meine eigene Geschichte«, fügte sie zum Beschlusse noch hinzu, »ist ein augenscheinlicher Beweis, daß alles, was man von dem berufenen Berggeist sagt, leere Träume sind. Wenn er hier im Gebirge sein Wesen hätte und die edlen Eigenschaften besäße, die ihm Fabler und müßige Köpfe zueignen, so würde er einem Schurken nicht gestattet haben, solchen Unfug auf seine Rechnung mit uns zu treiben. Aber das armselige Unding von Geist konnte seine Ehre nicht retten und ohne den edelmütigen Beistand des Herrn von Riesenthal hätte der freche Bube sein Spiel so weit mit uns treiben können, als er Lust hatte.« – Der Herr vom Hause hatte an diesen Gesprächen bisher wenig Anteil genommen; jetzt aber mischte er sich mit ins Gespräch und nahm das Wort. »Sie haben die Geisterwelt völlig entvölkert, gnädige Frau, die ganze Schöpfung der Einbildungskraft ist durch Ihre Belehrung wie ein leichter Nebel vor unseren Augen dahin geschwunden. Sie haben auch das Nichtsein des alten Bewohners dieser Gegenden mit guten Gründen allgenugsam bewiesen und sein rechtlicher Beistand, unser Finanzrat, ist verstummt. Dennoch dünkt mich, ließen sich gegen Ihren letzten Beweis noch einige Einwürfe machen. Wie, wenn der fabelhafte Gebirgsgeist bei Ihrer Befreiung aus der Hand des verlarvten Räubers dennoch mit im Spiel gewesen wäre? Wie, wenn dem Freund Nachbar beliebt hätte, meine Gestalt anzunehmen, um Sie unter dieser unverdächtigen Maske in Sicherheit zu bringen, und wenn ich Ihnen sagte, daß ich von dieser Gesellschaft, als Wirt vom Hause, mich nicht einen Fußbreit entfernt habe? daß Sie durch einen Unbekannten in meine Wohnung sind eingeführt worden, der nicht mehr vorhanden ist? Sonach wär's doch möglich, daß der Nachbar Berggeist seine Ehre gerettet hätte, und daraus würde folgen, daß er nicht ganz das Unding wäre, wofür Sie ihn halten.«

Diese Rede brachte die Gräfin einigermaßen aus der Fassung, und die schönen Fräuleins legten vor Erstaunen die Gabel aus der Hand und sahen dem Tischwirt starr ins Angesicht, um ihm aus den Augen zu lesen, ob das im Scherz gesagt oder im Ernst gemeint sei. Die nähere Erörterung unterbrach die Ankunft des wieder aufgefundenen Bedienten und des Postkutschers. Der letztere fühlte eben die Wonne bei Erblickung seiner vier Rappen im Stalle, die der erstere empfand, als er frohlockend ins Tafelgemach eintrat und daselbst seine Herrschaft vergnügt und wohlbehalten antraf. Triumphierend trug er das ungeheure Riesenhaupt des Schwarzmantels einher, durch welches er wie von einer Bombe zu Boden geschmettert worden war. Das Haupt wurde dem Arzte übergeben, damit er es als Landphysikus nach allen Regeln zerlege und sein Gutachten darüber ausstelle. Doch ohne erst sein Messer anzusetzen, erkannte er es alsbald für einen ausgehöhlten Kürbis, der mit Sand und Steinen angefüllt und durch den Zusatz einer hölzernen Nase und eines langen Flachsbartes zu einem Menschenantlitz aufgesutzt war.

Nach aufgehobener Tafel schied die Gesellschaft auseinander, da der Morgen bereits herandämmerte. Die Damen fanden ein köstlich zubereitetes Nachtlager in seidenen Prunkbetten, wo sie der Schlaf so geschwind überraschte, daß die Phantasie nicht Zeit hatte, ihnen die Schreckbilder der Gespenstergeschichte wieder vorzugaukeln und durch ihr gewöhnliches Schattenspiel ängstliche Träume anzuspinnen. Es war hoch am Tage, als Mama erwachte, der Zofe klingelte und die Fräuleins weckte, die gern noch einen Versuch gemacht hätten, in den weichen Daunen auch auf dem anderen Ohr zu schlafen. Allein der Gräfin verlangte so sehr, die Heilkräfte des Bades aufs baldeste zu versuchen, daß sie durch keine Einladung des gastfreien Hauswirtes zu bewegen war, einen Tag zu verweilen, so gern auch die Fräuleins dem Balle beigewohnt hätten, den er ihnen zu geben verhieß. Sobald das Frühstück eingenommen war, schickten sich die Damen zur Abreise an. Gerührt durch die freundschaftliche Aufnahme, die sie in dem Schlosse des Herrn von Riesenthal genossen hatten, der auf die höflichste Art bis an die Grenzen seines Gebietes ihnen das Geleite gab, beurlaubten sie sich mit der Verheißung, auf der Rückreise wieder einzusprechen.

Kaum war der Gnome in seiner Burg angelangt, so wurde der Krauskopf ins Verhör geführt, der unter Furcht und Erwartung der Dinge, die da kommen würden, die Nacht in einem unterirdischen Keller zugebracht hatte. »Elender Erdenwurm«, redete ihn der Geist an, »was hält mich ab, daß ich dich nicht zertrete für die in meinem Eigentum mir zu Spott

und Hohn verübte Gaukelei? Büßen sollst du mir mit Haut und Haaar für diese Frechheit.« »Großguter Regent des Riesengebirges«, fiel der Schlaukopf ihm ein, »so unanfechtbar eure Gerechtsame über diesen Grund und Boden sein mögen, die ich Euch auch nicht streitig mache, so sagt mir erst, wo Eure Gesetze angeschlagen sind, die ich übertreten habe, und dann verurteilt mich.« Diese gewandte Sprache und die dreiste Ausflucht, die der Gefangene seinem strengen Richter im Wege Rechtens entgegenstellte, ließen in ihm einen sonderbaren und keinen gewöhnlichen Menschen vermuten. Darum mäßigte der Geist seinen Unwillen einigermaßen und sprach: »Meine Gesetze hat dir die Natur ins Herz geschrieben; aber damit du nicht sagen kannst, daß ich dich unverhörter Sache verurteilt habe, so rede und bekenne mir frei: wer bist du und was trieb dich, hier im Gebirge als ein Gespenst zu tosen?«

Das war dem Verhafteten lieb zu hören, daß er zum Worte kommen sollte, hoffte durch die getreue Erzählung seiner Schicksale sich von der verwirkten Rache des Geistes loszuschwatzen oder die Strafe doch wenigstens zu mindern.

»Weiland«, fing er an, »hieß ich der arme Kunz und lebte in der Sechsstadt Lauban als ein ehrlicher Beutler kümmerlich von meiner Hände Arbeit; denn es gibt kein Gewerbe, das kärglicher nährt als die Ehrlichkeit. Obgleich meine Beutel guten Vertrieb fanden, weil die Rede ging, das Geld ruhe darinnen wohl, indem ich als der siebente Sohn meines Vaters eine glückliche Hand hätte, so widerlegte sich doch dieser Glaube durch mich selbst; mein eigener Beutel blieb immer leer und ledig wie ein gewissenhafter Magen am Fasttage. Daß aber bei meinen Kunden sich das Geld in den von mir erhandelten Beuteln so wohl erhielt, lag meinem Bedünken nach weder an der glücklichen Hand des Meisters noch an der Güte der Arbeit, sondern an der Art meiner Beutel: Sie waren von Leder. Ihr sollt wissen, Herr, daß ein lederner Beutel das Geld allezeit fester hält als ein netzförmiger durchlöcherter von Seide. Wem an einem ledernen Beutel genügt, der ist nicht leicht ein Verschwender, sondern ein Mann, der, wie das Sprichwort sagt, den Knopf auf den Beutel hält; die durchsichtigen aber von Seide und Goldzwirn befinden sich in den Händen vornehmer Prasser, und da ist's kein Wunder, wenn sie an allen Orten ausrinnen wie ein durchlöchert Faß und, soviel man auch hineinschüttet, dennoch immer leer und ledig bleiben.

Mein Vater prägte seinen sieben Buben fleißig die goldene Lehre ein: Kinder, was ihr tut, das treibt mit Ernst; darum trieb ich mein Gewerbe unverdrossen, ohne daß mein Nahrungsstand dadurch gefördert wurde. Es kam Teuerung, Krieg und bös Geld ins Land; meine Mitmeister dachten: Leicht Geld, leichte Ware, ich aber dachte: Ehrlich währt am längsten, gab gute Ware für schlecht Geld, arbeitete mich an den Bettelstab, ward in den Schuldturm geworfen, aus der Innung gestoßen und, als mich meine Gläubiger nicht länger ernähren wollten, ehrlich des Landes verwiesen. Auf dieser Wanderschaft ins Elend begegnete mir einer meiner alten Kunden; er ritt auf einem stolzen Roß stattlich einher, rief mich an und höhnte mich: ›Du Pfuscher, du Lump, bist, sehe ich wohl, deiner Kunst nicht Meister, verstehst sie gar schlecht, weißt den Darm aufzublasen und ihn nicht zu füllen, machst den Topf und kannst nicht drein kochen, hast Leder und keinen Leisten dazu, machst so herrliche Beutel und hast kein Geld.‹ ›Höre, Gesell‹, antwortete ich dem Spötter, ›du bist ein elender Schütz, triffst mit deinen Pfeilen nicht ans Ziel. Es sind mehr Dinge in der Welt, die zusammengehören und die man nicht beieinander findet; hat mancher einen Stall und kein Pferd hineinzuziehen, oder eine Schauer und keine Garben auszudreschen, einen Brotschrank und kein Brot, oder einen Keller und keinen Haustrunk, und so sagt auch das Sprichwort: Einer hat den Beutel, der andere das Geld.‹

›Besser ist doch beides zusammen‹, versetzte er; ›bist du gesonnen, bei mir in die Lehre zu treten, so will ich einen vollkommenen Meister aus dir machen, und weil du das Beutelmachen so wohl verstehst, will ich dich auch lehren, den Beutel zu füllen; denn ich bin Geldmacher meines Handwerks.‹ ›Wohl‹, sprach ich, ›seid Ihr ein zünftiger Meister in irgendeiner Münzstadt, so mag's drum sein; aber münzt Ihr auf Eure eigene Rechnung, so ist's halsbrechende Arbeit, die mit dem Galgen lohnt, dann scheide ich davon.‹ ›Wer nicht wagt, der nicht gewinnt‹, sprach er, ›und wer bei der Schüssel sitzt und nicht zulangt, der mag darben. Am Ende läuft's auf eins hinaus, ob du erstickst oder verhungerst, einmal muß es doch gestorben sein.‹ ›Nur mit Unterschied‹, fiel ich ihm ein, ›ob einer als ein ehrlicher Mann stirbt oder als ein Übeltäter.‹ ›Vorurteil‹, rief er, ›was kann das für eine Übeltat sein, wenn einer ein Stück Metall rundet?‹

Kurz, der Mann hatte eine Gabe zu überreden, daß ich mir seinen Vorschlag gefallen ließ. Ich fand mich bald ins Handwerk, war eingedenk der väterlichen Lehre, mein Geschäft mit Ernst zu treiben, und erfuhr, daß die Geldmacherkunst besser nähre als das Beutlerhandwerk. Aber im besten Fortgang unserer Fabrik wachte der Handwerksneid auf; der Verräter schlief nicht, wir wurden entdeckt, man brachte uns auf den Festungsbau, laut Urteil und Recht auf Lebenszeit.

Hier lebte ich einige Jahre nach der Regel der büßenden Brüder, bis ein guter Engel, der damals im Lande herumzog, alle Gefangenen los und ledig zu machen, die knochenfest und rüstig waren, mir die Tür des Gefängnisses auftat. Es war ein Werbeoffizier, der mir den Beruf gab, für den König zu fechten, und mich unter die Freipartie einreihte. Mit diesem Tausch war ich wohl zufrieden; ich nahm mir nun vor, ganz Soldat zu sein, zeichnete mich bei jeder Gelegenheit aus, war immer der erste beim Angriff, und wenn wir zurückgingen, war ich so gewandt, daß mich der Feind nie einholen konnte. Das Glück wollte mir wohl, schon führte ich eine Rotte Reiter an und hoffte bald höher zu steigen. Da ward ich einmal auf Fouragierung ausgeschickt und befolgte meinen Auftrag so streng und pünktlich, daß ich nicht nur Speicher und Schauern, sondern auch Kisten und Kasten in Häusern und Kirchen rein ausfouragierte. Zum Unglück war's in Freundes Land, das gab großen Lärm; gehässige Leute nannten die Expedition eine Plünderung, man machte mir den Prozeß, ich wurde degradiert und durch eine Gasse von fünfhundert Mann eilends aus dem ehrsamen Stande hinausgestäupt, in welchem ich gedachte mein Glück zu machen.

Jetzt wußte ich keinen anderen Rat, als wieder zu meinem ersten Handwerk zu greifen; aber es fehlte mir an Barschaft, Leder einzukaufen, und an Lust zu arbeiten. Darum fing ich an, die Taschen zu untersuchen, und hielt jeden Beutel, den ich witterte, für einen von meiner Arbeit, machte Jagd darauf, und alle, deren ich mich bemächtigen konnte, erachtete ich alsbald als gute Beute. Bei dieser Gelegenheit hatte ich die Freude, einen guten Teil meiner eigenen Münze wieder einzukassieren; denn ob sie gleich verrufen war, so kursierte sie doch nach wie vor in Handel und Wandel. Dies Gewerbe ging eine Zeitlang wohl vonstatten; ich besuchte unter mancherlei Gestalten, bald als Kavalier, bald als Handelsmann oder Jude, Messen und Märkte, hatte mich so gut in mein Fach studiert, meine Hand war so geübt und behend, daß sie nie einen Fehlgriff tat und mich reichlich nährte. Diese Lebensart behagte mir trefflich, daß ich beschloß, dabei zu verharren; doch der Eigensinn meines Geschicks gestattete mir nie, das zu sein, was ich wollte. Ich bezog den Jahrmarkt zu Liegnitz und hatte da den Beutel eines reichen Pächters aufs Korn genommen, der von Gold strotzte wie der Bauch seines Besitzers von Fett. Durch die Unbehilflichkeit des schweren Seckels mißriet der Kunstgriff meiner

Hand; ich wurde auf der Tat ergriffen und unter der gehässigen Anklage als ein Beutelschneider vor Gericht gestellt, ob ich schon diesen Namen nicht in einer unehrlichen Bedeutung verdiente. Ich hatte zwar ehedem Beutel genug zugeschnitten, aber nie hatte ich einem Menschen den Geldbeutel abgeschnitten, wie man mich doch beschuldigte; sondern alle, die ich erbeutet hatte, waren mir gleichsam freiwillig in die Hände gelaufen, als wenn sie zu ihrem ersten Eigentümer zurückkehren wollten. Diese Ausreden halfen zu nichts, und ich wurde ins Gefängnis gelegt; ich ersah aber meine Gelegenheit und strich mich in der Stille aus dem Gefängnis.

Ich war unentschlossen, was ich nun anheben und treiben sollte, um nicht zu hungern; auch der Versuch, ein Bettler zu werden, mißriet. Die Polizei in Großglogau nahm mich in Anspruch, wollte mich wider Willen und Dank verpflegen. Mit Mühe und Not entkam ich dieser strengen Gerichtsbarkeit, die sich herausnimmt, die ganze Welt zu bevormunden, denn mein Grundsatz ist von jeher gewesen: Mit der Polizei unbeworren. Ich mied darum die Städte und trieb mich als ein pilgernder Weltbürger auf dem Lande herum. Hier traf sich's, daß die Gräfin gerade durch den Flecken reiste, wo ich meinen Aufenthalt hatte; es war etwas an ihrem Wagen zerbrochen, das wieder ausgebessert werden mußte, und unter mehreren müßigen Leuten, welche die Neugierde trieb, nach der Fremden Herrschaft zu gaffen, trat ich auch mit unter den Haufen und machte Bekanntschaft mit dem Bedienten, der mir in der Einfalt seines Herzens anvertraute, daß ihm vor Euch, Herr Rübezahl, gewaltig bange sei, weil wegen des Verzugs die Reise nun in der Nacht durchs Gebirge gehen würde. Das brachte mich auf den Einfall, die Zaghaftigkeit der Reisegesellschaft zu nutzen und in der Geisterwelt meine Talente zu versuchen. Ich schlich mich seitab in die Wohnung meines Patrons und Pflegers, des Dorfküsters, der eben abwesend war, bemächtigte mich seiner Amtskleidung, eines schwarzen Mantels; zugleich fiel mir ein Kürbis ins Gesicht, der zum Aufputz des Kleiderschrankes diente. Mit dieser Zurüstung versehen, begab ich mich in den Wald und staffierte da meine Maske aus. Welchen Gebrauch ich davon gemacht habe, ist Euch genugsam bekannt, und daß ich ohne Euere Dazwischenkunft meinen Meisterstreich glücklich ausgeführt hätte, ist außer Zweifel; mein Spiel war bereits gewonnen. Nachdem ich mich der beiden feigen Kerle entledigt hatte, war meine Absicht, den Wagen tief in den Wald hineinzuführen und, ohne den Damen das geringste zuleide zu tun, nur meine Taschen zu füllen.

Aufrichtig gesprochen, Herr, von Euch fürchtete ich am wenigsten, daß Ihr mir den Markt verderben würdet. Die Welt ist so ungläubig, daß man nicht einmal die Kinder mit Euch mehr zu fürchten machen kann, und wenn nicht etwa noch hier und da ein Tropf, wie der Bediente der Gräfin, oder ein Weib Eurer zuweilen erwähnte, so hätte Euch die Welt längst vergessen. Ich dachte, wer Rübezahl sein wollte, der dürft' es, ich bin nun eines andern belehrt und befinde mich in Eurer Gewalt, habe mich auf Gnade und Ungnade ergeben, und hoffe, daß meine offenherzige Erzählung Euren Unwillen mildern werde. Euch wär's ein kleines, einen ehrlichen Kerl aus mir zu machen. Wenn Ihr mich mit einem guten Zehrpfennig entließet, so wäre mein Glück mit einemmal gemacht. Wahrlich Herr! wenn Ihr die Bedürfnisse der Menschen fühltet, so würdet Ihr ermessen, daß es schwer hält, in Biedermann zu sein, wenn man an allem Mangel leidet; denn wenn man zum Beispiel Hunger fühlt und keinen Scherf im Beutel hat, so ist es eine Heldentugend, eine Semmel nicht zu stehlen von dem Brotvorrat, den ein reicher Bäcker auf seinem Laden zur Schau ausgestellt hat. Das Sprichwort sagt: Not hat kein Gebot.«

»Geh, Schurke«, sprach der Gnome, nachdem der Krauskopf ausgeredet hatte, »so weit dich deine Füße tragen, und ersteige den Gipfel deines Glücks am Galgen!« Hierauf verabschiedete er seinen Arrestanten mit einem kräftigen Fußtritte, und dieser war froh, daß er mit so gelinder Strafe abkam. Er sputete sich fleißigst, dem gestrengen Gebirgsherrn aus den Augen zu kommen, und ließ aus Eilfertigkeit den schwarzen Mantel zurück. Sosehr er aber eilte, so schien es doch nicht, als wenn er von der Stelle käme, er sah immer die nämlichen Gegenden und Berge vor sich, ob er gleich die Burg, in welcher er ein Gefangener gewesen war, aus dem Gesichte verloren hatte. Abgemattet von diesem endlosen Kreislauf, streckte er sich unter einem Baum im Schatten, ein wenig auszuruhen und auf irgendeinen Wanderer zu lauern, der ihm zum Wegweiser dienen könnte. Darüber fiel er in einen festen Schlaf, und als er erwachte, war um ihn her dicke Finsternis; er wußte gar wohl, daß er unter einem Baume eingeschlafen war, gleichwohl hörte er kein Säuseln des Windes in den Ästen, sah auch keinen Stern durch das Laub schimmern, noch die geringste Nachthellung. Im ersten Schrecken wollte er aufspringen; da hielt ihn eine unbekannte Kraft zurück, und die Bewegung, die er machte, gab ein laut widerhallendes Geräusch wie das Geklirr von Ketten; nun wurde er gewahr, daß er in Fesseln lag, und vermeinte viel hundert Lachter unter der Erde wieder in Rübezahls Gewahrsam zu sein, worüber ihm große Furcht und Entsetzen ankam.

Nach einigen Stunden begann es um ihn zu tagen, doch fiel das Licht nur kärglich durch das eiserne Gitter eines kleinen Fensters zwischen den Mauern herein. Ohne zu wissen, wo er sich eigentlich befand, kam ihm der Kerker doch nicht ganz fremd vor; er hoffte auf den Gefangenenwärter, wiewohl vergebens. Es verlief eine lange Stunde nach der andern, Hunger und Durst peinigten den Verhafteten, er fing an Lärm zu machen, rasselte mit den Ketten, pochte an die Wand, rief ängstlich um Hilfe und vernahm Menschenstim-

men in der Nähe; aber niemand wollte die Tür des Gefängnisses auftun. Endlich waffnete sich der Kerkermeister mit einem Gespenstersegen, öffnete die Tür, schlug ein großes Kreuz vor sich und fing an, den Teufel auszutreiben, der seiner Einbildung nach in dem Kerker tobte. Doch da er die Spukerei näher betrachtete, erkannte er seinen entwichenen Gefangenen, den Beutelschneider, und Kunz den Kerkermeister in Liegnitz. Jetzt wurde er inne, daß ihn Rübezahl wieder zurückspediert hatte. »Sieh da, Krauskopf!« redete ihn der Gerichtsfron an, »bist du wieder in deinen Käfig gehüpft? Woher des Landes?« »Immer da zum Tor herein«, antwortete Kunz, »bin des Herumlaufens müde, habe mich, wie Ihr seht, in Ruhe gesetzt und mein altes Quartier wieder aufgesucht, so Ihr mich beherbergen wollt.« Obgleich niemand begreifen konnte, wie der Gefangene wieder in den Turm gekommen sei und wer ihm die Fesseln angelegt habe, so behauptete Kunz, der sein Abenteuer nicht wollte kund werden lassen, dennoch dreist, er habe sich freiwillig wieder eingefunden, ihm sei die Gabe verliehen, nach Gefallen durch verschlossene Türen aus und ein zu gehen, die Fesseln anzulegen, und sich derselben, wenn er wolle, wieder zu entledigen; denn ihm sei kein Schloß zu fest. Durch diesen scheinbaren Gehorsam bewogen, verschonten ihn die Richter mit der verwirkten Strafe und legten ihm nur auf, so lange für den König zu karren, bis er sich nach Gefallen der Fesseln entledigen würde. Man hat aber nicht vernommen, daß er von dieser Verwilligung jemals Gebrauch gemacht hätte.

Die Gräfin Cäcilie war indessen mit ihrer Begleitung glücklich und wohlbehalten in Karlsbad angelangt. Das erste, was sie tat, war, den Badearzt zu sich zu berufen und ihn wie gewöhnlich über ihren Gesundheitszustand und die Einrichtung der Kur zu befragen. Trat herein der weiland hochberühmte Arzt Doktor Springsfeld aus Merseburg. »Seien Sie uns willkommen, lieber Doktor«, riefen Mama und die holden Fräuleins ihm traulich und freundlich entgegen. »Sie sind uns zuvorgekommen«, fügte erstere hinzu, »wir vermuteten Sie noch bei dem Herrn von Riesenthal; aber loser Mann, warum haben Sie uns dort verschwiegen, daß Sie der Badearzt sind?« »Ach, Herr Doktor«, fiel Fräulein Hedwig ein, »Sie haben mir die Ader durchgeschlagen, der Fuß schmerzt mich, ich werde hier nur hinken und nicht walzen können.« Der Arzt stutzte, sann lange hin und her und erinnerte sich nicht, die Damen irgendwo gesehen zu haben. »Ihro Gnaden verwechseln ohne Zweifel mich mit einem andern«, sprach er, »ich habe vordem nicht die Ehre gehabt, Ihnen persönlich bekannt zu sein; der Herr von Riesenthal gehört auch nicht zu meiner Bekanntschaft, und während der Kurzeit pflege ich mich nie von hier zu entfernen.« Die Gräfin konnte keinen andern Grund von diesem strengen Inkognito, das der Arzt so ernsthaft behauptete, sich geben, als daß er für seine geleisteten Dienste nicht wollte belohnt sein. Sie erwiderte lächelnd: »Ich verstehe Sie, lieber Doktor; Ihr Zartgefühl geht aber zu weit; es soll mich nicht abhalten, mich für Ihre Schuldnerin zu bekennen und für Ihren guten Beistand dankbar zu sein.« Sie nötigte ihm darauf eine goldene Dose mit Gewalt auf, die der Arzt jedoch nur als Vorausbezahlung annahm, und um die Dame als eine gute Kundin nicht unwillig zu machen, ihr nicht weiter widersprach.

Doktor Springsfeld wußte seine Kunden mit artigen Geschichtchen, Stadtneuigkeiten und kleinen Anekdoten wohl zu unterhalten und ihre Lebensgeister dadurch aufzumuntern. Da er nach dem Besuch der Gräfin unter den Patienten seine Runde machte, gab er die sonderbare Begegnung mit der neuen Kundschaft in jedem Besuchszimmer zum besten, ließ bei der oftmaligen Wiederholung die Sache unvermerkt wachsen und kündigte die Dame bald als eine Kranke, bald als Seherin an. Man war begierig, eine so außerordentliche Bekanntschaft zu machen, und die Gräfin Cäcilie wurde in Karlsbad das Märchen des Tages. Alles drängte sich zu ihr, da sie mit ihren schönen Töchtern zum erstenmal erschien. Es war ihr und den Fräuleins ein höchst überraschender Anblick, die ganze Gesellschaft hier anzutreffen, in welche sie vor einigen Tagen in dem Schlosse des Herrn von Riesenthal waren eingeführt worden. Der bebänderte Graf, der

wohlbebauchte Domherr, der gelähmte Finanzrat fielen ihnen gleich zuerst in die Augen; es war für sie kein fremdes Gesicht im Saale. Mit freimütiger Unbefangenheit wendete sich die gesprächige Dame bald zu dem, bald zu jenem von der Gesellschaft, nannte jeden bei seinem Namen und Charakter, sprach viel vom Herrn von Riesenthal, bezog sich auf die bei diesem gastfreien Manne mit ihnen gepflogenen Unterredungen und wußte sich nicht zu erklären, wohin das fremde und kalte Betragen aller der Herren und Damen deuten sollte, die vor kurzem so viel Freundschaft und Vertraulichkeit gegen sie geäußert hatten. Natürlich geriet sie auf den Wahn, das sei eine abgeredete Sache, und der Herr von Riesenthal würde der Schäkerei dadurch ein Ende machen, daß er unvermutet selbst zum Vorschein käme. Sie wollte ihm gleichwohl nicht den Triumph gönnen, über ihren Scharfsinn gesiegt zu haben, und gab dem bekrückten Finanzrat scherzweise den Auftrag, seine vier Füße in Bewegung zu setzen und den Obersten aus dem verborgenen Hinterhalt hervorzurufen und einzuführen.

Alle diese Reden bewiesen nach der Meinung der Badegesellschaft so sehr eine überspannte Phantasie, daß sie samt und sonders die Gräfin bemitleideten, die nach dem Urteil aller Anwesenden eine sehr vernünftige Frau schien, außer wenn ihre Phantasie den Weg über das Riesengebirge nahm. Die Gräfin ihrerseits erriet aus den bedeutsamen Gesichtszügen, Winken und Blicken der um sie her versammelten Gäste, daß man sie schief beurteile und daß man wähne, ihre Krankheit habe sich aus den Gliedern ins Hirn versetzt. Sie glaubte, die beste Widerlegung dieses kränkenden Vorurteils sei die aufrichtige Erzählung ihres Abenteuers auf der schlesischen Grenze. Man hörte sie mit der Aufmerksamkeit, mit der man ein Märchen anhört, das auf einige Augenblicke angenehm unterhält, davon man aber kein Wort glaubt. »Wunderbar!« riefen alle Zuhörer aus einem Munde und sahen bedeutsam den Doktor Springfeld an, der verstohlen die Achsel zuckte und sich gelobte, die Patientin nicht eher seiner Pflege zu entlassen, bis das Karlsbader Wasser das abenteuerliche Riesengebirge aus ihrer Phantasie rein würde weggespült haben. Das Bad leistete indessen alles, was der Arzt und die Kranke davon erwartet hatten. Da die Gräfin sah, daß ihre Geschichte wenig Glauben fand und sogar ihren gesunden Menschenverstand verdächtig machte, redete sie nicht mehr davon, und Doktor Springsfeld unterließ nicht, dieses Schweigen den Heilkräften des Bades zuzuschreiben, das doch auf eine ganz andere Art gewirkt und die Gräfin aller Gichter und Gliederschmerzen entledigt hatte.

Nachdem die Badekur beendigt war, die schönen Fräuleins sich genug hatten begaffen und bewundern lassen, kehrten Mutter und Töchter nach Breslau zurück. Sie nahmen mit gutem Vorbedacht den Weg wieder durchs Riesengebirge, um dem gastfreien Obersten Wort zu halten, bei der Rückreise bei ihm vorzusprechen; denn von ihm hoffte die Gräfin Auflösung des ihr unbegreiflichen Rätsels, wie sie zur Bekanntschaft der Badegesellschaft gelangt sei, die sich so wildfremd gegen sie gebärdete. Aber niemand wußte den Weg nach dem Schlosse des Herrn von Riesenthal nachzuweisen, noch war der Besitzer zu erfragen, dessen Name sogar weder diesseit noch jenseit des Gebirges bekannt war. Dadurch wurde die verwunderte Dame endlich überzeugt, daß der Unbekannte, der sie in Schutz genommen und beherbergt hatte, kein anderer gewesen sei als Rübezahl, der Berggeist. Sie gestand, daß er das Gastrecht auf eine edelmütige Art an ihr ausgeübt hätte, verzieh ihm seine Neckerei mit der Badegesellschaft und glaubte nun von ganzem Herzen an die Geister, ob sie gleich um der Spötter willen Bedenken trug, ihren Glauben vor der Welt offenbar werden zu lassen.

Seit der Vision der Gräfin Cäcilie hat Rübezahl nichts mehr

von sich hören lassen. Er kehrte in seine unterirdischen Staaten zurück, und da bald nach dieser Begebenheit der große Erdbrand ausbrach, der Lissabon und nachher Guatemala zerstörte, seitdem immer weiter fortgewütet und sich neuerlich bis an die Grundfeste des deutschen Vaterlandes verbreitet hat, so fanden die Erdgeister so viele Arbeit in der Tiefe, den Fortgang der Feuerströme zu hemmen, daß sich seitdem keiner mehr auf der Oberfläche der Erde hat blicken lassen. Denn daß die Länder am Rhein und Neckarstrom auf ihrer alten Erdscholle noch so grund- und bodenfest stehen als der Brocken und das Riesengebirge und daß die Herren von Hirschberg noch keine Flotte in See stechen lassen und an irgendeinem Seekrieg Anteil genommen haben: das ist das Werk der wachsamen Gnomen und ihrer unermüdeten Arbeit.

*Anthologien, Märchen, Sagen*

Aladin und die Wunderlampe
Aus dem Arabischen von Enno Littmann. Mit Illustrationen einer französischen Ausgabe von 1865/66. it 199

Ali Baba und die vierzig Räuber
und die Geschichten von den nächtlichen Abenteuern des Kalifen aus 1001 Nacht. Aus dem Arabischen von Enno Littmann. Mit Illustrationen einer französischen Ausgabe von 1865/66. it 163

Allgemeines deutsches Reimlexikon
Herausgegeben von Peregrinus Syntax. Mit einer Gebrauchsanleitung von Hans Magnus Enzensberger. Zwei Bände. it 674

Alt-Prager Geschichten
Gesammelt von Peter Demetz. Mit Illustrationen von Hugo Steiner-Prag. it 613

Hans Christian Andersen. Märchen
Mit Illustrationen von Vilhelm-Pedersen und Lorenz Frølich. Aus dem Dänischen von Eva-Maria Bluhm. Drei Bände in Kassette. it 133
– Märchen meines Lebens. Eine Skizze.
Mit Porträts des Dichters. it 356
– Glückspeter
Mit Scherenschnitten von Alfred Thon. it 643

Das Anekdotenbuch
Mit zeitgenössischen Illustrationen. Herausgegeben von Willi Pumin. it 708

Giovanni Battista Basile. Das Pentameron
Das Märchen aller Märchen. Deutsch von Felix Liebknecht. Herausgegeben von Walter Boelich. it 345

Micha Josef bin Gorion. Born Judas
Altjüdische Legenden und Volkserzählungen. Aus dem Hebräischen von Rahel bin Gorion. Auswahl und Nachwort von Emanuel bin Gorion. it 529

Elisabeth Borchers. Das Adventbuch
it 449

*Anthologien, Märchen, Sagen*

Elisabeth Borchers/Louise Brierley. Der König der Tiere und seine Freunde
it 622

Clemens Brentano. Gockel, Hinkel und Gackeleia
Nach der Frankfurter Erstausgabe von 1838. Mit den Initialen und Lithographien von Caspar Braun nach Entwürfen von Clemens Brentano. it 47
– Italienische Märchen. Mit einem Nachwort von Maria Dessauer. it 695

Das Buch der Liebe
Gedichte und Lieder, ausgewählt von Elisabeth Borchers. it 82

Chinesische Volkserzählungen. Ausgewählt und mit einem Nachwort versehen von Kuan Yu-Chien. Mit Illustrationen von I-Ching Cheng. it 522

Die großen Detektive
Detektivgeschichten mit Auguste Dupin, Sherlock Holmes und Pater Brown. Herausgegeben und mit einem Nachwort von Werner Berthel. Mit Illustrationen von George Hutchinson. it 101
– Die großen Detektive II
Nick Carter, Nat Pinkerton, Sherlock Holmes, Percy Stuart. Herausgegeben von Werner Berthel. it 368

Deutsche Heldensagen
Nacherzählt von Gretel und Wolfgang Hecht. it 345

Deutsche Sagen
Herausgegeben von den Brüdern Grimm. Mit Illustrationen von Otto Ubbelohde. it 481

Günter Eich/Edda Köchl. Der 29. Februar
Ein Märchen von Günter Eich mit Bildern von Edda Köchl. it 616

Die Eisenbahn
Gedichte. Prosa. Bilder. Herausgegeben von Wolfgang Minaty. it 676

Erotische Geschichten aus den 1001 Nächten
Aus dem arab. Urtext übertragen und herausgegeben von Felix Tauer. it 704

*Anthologien, Märchen, Sagen*

Die Erzählungen aus den Tausendundein Nächten
Einleitung von Hugo von Hofmannsthal. Vollständige deutsche Ausgabe in zwölf Bänden. Nach dem arabischen Urtext der Calcuttaer Ausgabe aus dem Jahre 1839. Übertragen von Enno Littmann. Mit farbigen Minaturen. In farbiger Schmuckkassette. it 224

Der Familienschatz
Mit Holzschnitten und Zeichnungen von Ludwig Richter. it 34

Gebete der Menschheit
Religiöse Zeugnisse aller Zeiten und Völker. Herausgegeben von Alfonso M. di Nola. Zusammenstellung und Einleitung der deutschen Ausgabe von Ernst Wilhelm Eschmann. it 238

Das Geburtstagsbuch für Kinder
Geschmückt mit Bildern von László Varvasovsky. Und mit Versen, Geschichten, Glückwünschen und Ermahnungen, ausgewählt von Elisabeth Borchers. it 664

Geschichten aus dem Mittelalter
Herausgegeben von Hermann Hesse. Aus dem Lateinischen übersetzt von Hermann Hesse und J. G. Th. Graesse. it 161

Geschichten der Liebe aus den 1001 Nächten
Aus dem arabischen Urtext übertragen von Enno Littmann. Mit acht farbigen Miniaturen. it 38

Geschichten vom Buch. Herausgegeben von Klaus Schöffling. Mit Illustrationen von Hugo Steiner-Prag. it 772

Gesta Romanorum. Das älteste Märchen- und Legendenbuch des christlichen Mittelalters
Herausgegeben und eingeleitet von Hermann Hesse. it 315

Jacob und Wilhelm Grimm. Deutsche Sagen
Mit Illustrationen von Otto Ubbelohde. Zwei Bände. it 481

Wilhelm Hauff. Märchen
Zwei Bände. Herausgegeben von Bernhard Zeller. Mit Illustrationen von Theodor Weber, Theodor Hosemann und Ludwig Burger. it 216/217

*Anthologien, Märchen, Sagen*

Johann Peter Hebel. Kalendergeschichten. Ausgewählt und mit einem Nachwort versehen von Ernst Bloch. Mit 19 Holzschnitten von Ludwig Richter. it 17
– Das Schatzkästlein des rheinischen Hausfreundes. Herausgegeben und mit einem Nachwort versehen von Jan Knopf. it 719

Das Herbstbuch
Gedichte und Prosa. Herausgegeben von Hans Bender. it 657

Das kalte Herz. Texte der Romantik
Ausgewählt und interpretiert von Manfred Frank. it 330

Hermann Hesse. Der Zwerg
Ein Märchen. Mit Illustrationen von Rolf Köhler. it 636
– Kindheit des Zauberers
Ein autobiographisches Märchen. Handgeschrieben, illustriert und mit einer Nachbemerkung versehen von Peter Weiss. it 67
– Piktors Verwandlungen
Ein Liebesmärchen, vom Autor handgeschrieben und illustriert. Mit ausgewählten Gedichten. Nachwort von Volker Michels. it 122

E.T.A. Hoffmann. Meister Floh
Ein Märchen in sieben Abenteuern zweier Freunde. Mit Illustrationen. it 503

Die Insel. Monatsschrift mit Buchschmuck und Illustrationen
Herausgegeben von Otto Julius Bierbaum, Alfred Walter Heymel und Rudolf Alexander Schröder. Faksimile der von Oktober 1899 bis September 1902 erschienenen Zeitschrift. Mit einem Begleitband »Die ersten Jahre des Insel Verlags« von Klaus Schöffling. 12 Quartalsbände. it 578

Das Katzenbuch. Von Katzen und ihren Freunden
Geschichten, Gedichte, Bilder. Gesammelt von Hans Bender und Hans Georg Schwark. it 567

Kinder- und Hausmärchen, gesammelt durch die Brüder Grimm
Mit den Zeichnungen von Otto Ubbelohde und einem Vorwort von Ingeborg Weber-Kellermann. Drei Bände. it 112/113/114

Märchen der Romantik
Mit zeitgenössischen Illustrationen. Herausgegeben von Maria Dessauer. Zwei Bände. it 285

*Anthologien, Märchen, Sagen*

Märchen deutscher Dichter
Ausgewählt von Elisabeth Borchers. it 13

Der magische Spiegel. Märchen deutscher Dichter aus zwei Jahrhunderten
Herausgegeben von Paul Wolfgang Wührl. Bd. II. it 558

Mittelalter. Geschichten aus dem Mittelalter
Herausgegeben und übersetzt von Hermann Hesse. Mit Holzschnitten. it 161

Moritatenbuch
In Zusammenarbeit mit Mia Gmeiner-Stangier herausgegeben von Karl Riha. Mit zahlreichen Illustrationen. it 559

Johann Karl August Musäus. Rübezahl
Für die Jugend von Christian Morgenstern. Mit Illustrationen von Max Slevogt. it 73

Liebe Mutter
Eine Sammlung von Elisabeth Borchers. it 230

Die Nibelungen
In der Wiedergabe von Franz Keim. Mit den berühmten farbigen Jugenstilillustrationen von Carl Otto Czeschka. Mit ein Vor- und Nachwort von Helmut Brackert. Im Anhang die Nacherzählung »Die Nibelungen« von Gretel und Wolfgang Hecht. it 14

Das Papageienbuch Tuti-Nameh
Eine Sammlung orientalischer Erzählungen, übersetzt von Georg Rosen. it 424

Alexander Puschkin/Ivan Bilibin. Das Märchen vom Zaren Saltan und das Märchen vom goldenen Hahn
Mit Bildern von Ivan Bilibin. Nacherzählt von Elisabeth Borchers. it 2002

Römische Sagen
Geschichten und Geschichte aus der Frühzeit Roms. Nacherzählt von W. Fietz. it 466

*Anthologien, Märchen, Sagen*

Sagen der Juden
Aus dem Hebräischen von Rahel bin Gorion. Auswahl und Nachbemerkung von Emanuel bin Gorion. it 420

Wolfgang Schadewaldt. Sternsagen
Mit Illustrationen aus dem 18. Jahrhundert. it 234
– Homer, Ilias
Mit 12 Bildtafeln. it 153

Skaldensagas
Aus dem Altisländischen, eingeleitet und erläutert von Franz Seewald. it 576

Sternzeichen aus einem alten Schicksalsbuch
Mit 34 Miniaturen pro Zeichen. Herausgegeben und erläutert von Bernhard D. Haage. Mit einer Einleitung von Christiane von Wiese. Skorpion: it 601 · Schütze: it 602 · Steinbock: it 603 · Wassermann: it 604 · Fische: it 605 · Widder: it 606 · Stier: it 607 · Zwillinge: it 608 · Krebs: it 609 · Löwe: it 610 · Jungfrau: it 611 · Waage: it 612

Jerko V. Tognola/Adelki. Das Eselchen und der Wolf
Sechs Fabeln. Aus dem Italienischen von Martin Roda Becher. it 2001

Urgroßmutters Hausmittel
Aus dem Hausbuch der Frau Rath Schlosser. Herausgegeben von Alexander von Bernus und mit einem Nachwort von Elmar Mittler. it 561

László Varvasovsky. Die Bremer Stadtmusikanten
Ein Märchen der Brüder Grimm, illustriert und für ein Schattentheater eingerichtet. Mit einer Anleitung zum Selberbasteln. Vierfarbendruck. it 658

Lieber Vater
Eine Sammlung von Gottfried Honnefelder. it 231

Jan Wahl/Barton Byron. Vom kleinen klugen Enterich
Erzählt nach einem alten französischen Volksmärchen. Mit Bildern von Barton Byron. Aus dem Amerikanischen von Ingrid Westerhoff. it 593

Das Weihnachtsbuch für Kinder
Mit Geschichten, Versen und vielen Bildern. Ausgewählt von Elisabeth Borchers. it 156

*Anthologien, Märchen, Sagen*

Die Insel-Weihnachtskassette
Alle Insel-Weihnachtsbücher in einer illustrierten Geschenkkassette. it 46, it 156, it 157

Wie man lebt und denkt. Ein Lesebuch zum Denken
Herausgegeben von Horst Günther. Mit Kupferstichen von Giovanni Batista Bracelli. it 333

Das Winterbuch. Gedichte und Prosa
Herausgegeben von Hans Bender und Hans Georg Schwark. it 728

*Romane, Erzählungen, Prosa*

Hans Christian Andersen. Glückspeter
Mit Scherenschnitten von Alfred Thon. it 643

Bettina von Arnim. Bettina von Arnims Armenbuch
Herausgegeben von Werner Vordtriede. it 541
– Dies Buch gehört dem König
Herausgegeben von Ilse Staff. it 666
– Die Günderode
Mit einem Essay von Christa Wolf. it 702

Apuleius. Der goldene Esel
Mit Illustrationen von Max Klinger zu »Amor und Psyche«. Aus dem Lateinischen von August Rode. Mit einem Nachwort von Wilhelm Haupt. it 146

Jane Austen. Emma
Aus dem Englischen von Charlotte Gräfin von Klinckowstroem. it 511

Honoré de Balzac. Die Frau von dreißig Jahren
Deutsch von W. Blochwitz. it 460
– Das Mädchen mit den Goldaugen
Aus dem Französischen von Ernst Hardt. Vorwort Hugo von Hofmannsthal. Illustrationen Marcus Behmer. it 60

Joseph Bédier. Tristan und Isolde
Roman. Deutsch von Rudolf G. Binding. Mit Holzschnitten von 1484. it 387

Harriet Beecher-Stowe. Onkel Toms Hütte
In der Bearbeitung einer alten Übersetzung herausgegeben und mit einem Nachwort versehen von Wieland Herzfelde. Mit 27 Holzschnitten von George Cruikshank aus der englischen Ausgabe von 1852. it 272

Ambrose Bierce. Aus dem Wörterbuch des Teufels
Auswahl, Übersetzung und Nachwort von Dieter E. Zimmer. it 440
– Mein Lieblingsmord
Erzählungen. Aus dem Amerikanischen von G. Günther. it 39

Die Blümlein des heiligen Franziskus von Assisi
Aus dem Italienischen nach der Ausgabe der Tipografia Metastasio, Assisi 1901, von Rudolf G. Binding. Mit Initialen von Carl Weidemeyer. it 48

*Romane, Erzählungen, Prosa*

Blumenschatten hinter dem Vorhang. Von Ting Yao Kang. Aus dem Chinesischen übertragen und mit einem Nachwort versehen von Franz Kuhn. Mit 18 Holzschnitten. it 744

Giovanni di Boccaccio. Das Dekameron
Hundert Novellen. Ungekürzte Ausgabe. Aus dem Italienischen von Albert Wesselski und mit einer Einleitung versehen von André Jolles. Mit venezianischen Holzschnitten. Zwei Bände. it 7/8

Hermann Bote. Ein kurzweiliges Buch von Till Eulenspiegel aus dem Lande Braunschweig. Wie er sein Leben vollbracht hat. Sechsundneunzig seiner Geschichten.
Herausgegeben, in die Sprache unserer Zeit übertragen und mit Anmerkungen versehen von Siegfried H. Sichtermann. Mit zeitgenössischen Illustrationen. it 336

Clemens Brentano. Gedichte, Erzählungen, Briefe
Herausgegeben von Hans Magnus Enzensberger. it 557

Emily Brontë. Die Sturmhöhe
Aus dem Englischen von Grete Rambach. it 141

Giordano Bruno. Das Aschermittwochsmahl
Übersetzt von Ferdinand Fellmann. Mit einer Einleitung von Hans Blumenberg. it 548

Gottfried August Bürger. Wunderbare Reisen zu Wasser und zu Lande. Feldzüge und lustige Abenteuer des Freiherrn von Münchhausen
Mit Holzschnitten von Gustave Doré. it 207

Hans Carossa. Eine Kindheit. it 295
– Verwandlungen einer Jugend. it 296

Lewis Carroll. Geschichten mit Knoten
Herausgegeben und übersetzt von W. E. Richartz. Mit Illustrationen von Arthur B. Frost. it 302
– Alice im Wunderland
Mit 42 Illustrationen von John Tenniel. Übersetzt und mit einem Nachwort versehen von Christian Enzensberger. it 42
– Alice hinter den Spiegeln
Mit Illustrationen von John Tenniel. Übersetzt von Christian Enzensberger. it 97

*Romane, Erzählungen, Prosa*

Lewis Carroll. Briefe an kleine Mädchen
Aus dem Englischen übersetzt und herausgegeben von Klaus Reichert. Mit Fotografien des Autors. it 172

Miguel de Cervantes Saavedra. Der scharfsinnige Ritter Don Quixote von der Mancha
Mit einem Essay von Iwan Turgenjew und einem Nachwort von André Jolles. Mit Illustrationen von Gustave Doré. 3 Bände. it 109

Adelbert von Chamisso. Peter Schlemihls wundersame Geschichte
Nachwort von Thomas Mann. Illustriert von Emil Preetorius. it 27

Matthias Claudius. Der Wandsbecker Bote
Mit einem Vorwort von Peter Suhrkamp und einem Nachwort von Hermann Hesse. it 130

James Fenimore Cooper. Die Lederstrumpferzählungen
In der Bearbeitung der Übersetzung von E. Kolb durch Rudolf Drescher. Mit Illustrationen von O. C. Darley. Vollständige Ausgabe. 5 Bände in Kassette.
Der Wildtöter · Der letzte Mohikaner · Der Pfadfinder · Die Ansiedler · Die Prärie. – it 760

Alphonse Daudet. Montagsgeschichten
Aus dem Französischen von Eva Meyer. it 649
– Briefe aus meiner Mühle
Aus dem Französischen von Alice Seiffert. Mit Illustrationen. it 446
– Tartarin von Tarascon. Die wunderbaren Abenteuer des Tartarin von Tarascon. Mit Zeichnungen von Emil Preetorius. it 84

Daniel Defoe. Moll Flanders. Herausgegeben und mit einem Essay versehen von Norbert Kohl. it 707
– Robinson Crusoe. Mit Illustrationen von Ludwig Richter. it 41

Deutsche Künstlernovellen des 19. Jahrhunderts
Herausgegeben von Jochen Schmidt. it 656

Charles Dickens. David Copperfield. Mit Illustrationen von Phiz. it 468
– Große Erwartungen. Aus dem Englischen von Margit Meyer. Mit Illustrationen von F. W. Pailthorpe. it 667
– Der Raritätenladen. Aus dem Englischen von Leo Feld. Mit Illustrationen von Cruikshank u.a. it 716

*Romane, Erzählungen, Prosa*

Charles Dickens. Oliver Twist
Aus dem Englischen von Reinhard Kilbel. Mit einem Nachwort von Rudolf Marx und 24 Illustrationen von George Cruikshank. Vollständige Ausgabe. it 242
– Weihnachtserzählungen
Mit Illustrationen von Cruikshank u. a. it 358

Denis Diderot. Die Nonne
Mit einem Nachwort von Robert Mauzi. Der Text dieser Ausgabe beruht auf der ersten deutschen Übersetzung von 1797. it 31
– Erzählungen und Gespräche
Aus dem Französischen von Katharina Scheinfuß. it 554

Die drei Reiche. Roman. Aus dem Chinesischen von Franz Kuhn. Mit 24 Holzschnitten. it 585

Fjodor M. Dostojewski. Der Idiot. Aus dem Russischen von Hermann Röhl. Mit einem Nachwort von Hermann Hesse. it 740
– Schuld und Sühne. Roman in sechs Teilen. Aus dem Russischen von Hermann Röhl. Illustrationen von Theodor Eberle. it 673
– Der Spieler. Aus den Erinnerungen eines jungen Mannes. Aus dem Russischen von Hermann Röhl. it 515

Annette von Droste-Hülshoff. Bei uns zulande auf dem Lande. Prosaskizzen. Herausgegeben von Otto A. Böhmer. it 697
– Die Judenbuche. Ein Sittengemälde aus dem gebirgichten Westfalen. Mit Illustrationen von Max Unold. it 399

Alexandre Dumas. Der Graf von Monte Christo. Bearbeitung einer alten Übersetzung von Meinhard Hasenbein. Mit Illustrationen von Pavel Brom und Dagmar Bromova. Zwei Bände. it 266
– Die Kameliendame. Aus dem Französischen von Walter Hoyer. Mit Illustrationen von Paul Garvani. it 546

Joseph Freiherr von Eichendorff. Aus dem Leben eines Taugenichts
Mit Illustrationen von Adolf Schrödter und einem Nachwort von Ansgar Hillach. it 202
– Novellen und Gedichte. Herausgegeben von Hermann Hesse. it 360

*Romane, Erzählungen, Prosa*

Eisherz und Edeljaspis
Aus dem Chinesischen von Franz Kuhn. Mit Holzschnitten einer alten chinesischen Ausgabe. Mit einem Nachwort und Anmerkungen von Franz Kuhn. it 123

Paul Ernst. Der Mann mit dem tötenden Blick und andere frühe Erzählungen. Herausgegeben von Wolfgang Promies. it 434

André Ficus/Martin Walser. Heimatlob
Ein Bodenseebuch. it 645

Harry Fielding. Die Geschichte des Tom Jones, eines Findlings
Mit Stichen von William Hogarth. it 504

Gustave Flaubert. Bouvard und Pécuchet
Mit einem Vorwort von Victor Brombert und einem Nachwort von Uwe Japp. Mit Illustrationen von András Karakas. it 373
– Die Versuchung des heiligen Antonius
Aus dem Französischen übersetzt von Barbara und Robert Picht. Mit einem Nachwort von Michel Foucault. it 432
– Lehrjahre des Gefühls
Geschichte eines jungen Mannes, übertragen von Paul Wiegler. Mit einem Essay »zum Verständnis des Werkes« und einer Bibliographie von Erich Köhler. it 276
– Madame Bovary
– Revidierte Übersetzung aus dem Französischen von Arthur Schurig. it 167
– Salammbô
Herausgegeben und mit einem Nachwort versehen von Monika Bosse und André Stoll. Mit Abbildungen. it 342
– Ein schlichtes Herz. it 110
– Drei Erzählungen/Trois Contes
Zweisprachige Ausgabe. Neu übersetzt von Cora von Kleffens und André Stoll. it 571
– November. Aus dem Französischen von Ernst Sander. it 411

Theodor Fontane. Allerlei Glück
Plaudereien, Skizzen, Unvollendetes. Ausgewählt und herausgegeben von Otto Drude. it 641
– Cécile. Roman. Mit einem Nachwort von Walter Müller-Seidel. it 689

*Romane, Erzählungen, Prosa*

Theodor Fontane. Effi Briest
Mit Lithographien von Max Liebermann. it 138
– Frau Jenny Treibel. Roman. Mit einem Nachwort von Richard Brinkmann. it 746
– Meine Kinderjahre. Autobiographischer Roman. Mit zahlreichen Abbildungen und einem Nachwort von Otto Drude. it 705
– Der Stechlin
Mit einem Nachwort von Walter Müller-Seidel. it 152
– Unwiederbringlich
Roman. it 286
– Vor dem Sturm. Roman aus dem Winter 1812 auf 13
Mit einem Nachwort von Hugo Aust. it 583

Georg Forster. Reise um die Welt
Mit einem Nachwort von Gerhard Steiner. it 757

Anatole France. Blaubarts sieben Frauen und andere Erzählungen
Aus dem Französischen von Irmgard Nickel. Mit Illustrationen von Lutz Siebert. it 510

Johann Wolfgang Goethe. Erfahrung der Geschichte
Historisches Denken und Geschichtsschreibung in einer Auswahl herausgegeben von Horst Günther. Mit Zeichnungen des Autors. it 650
– Dichtung und Wahrheit
Mit zeitgenössischen Illustrationen, ausgewählt von Jörn Göres. Drei Bände in Kassette. it 149/150/151
– Italienische Reise
Mit vierzig Zeichnungen des Autors. Herausgegeben und mit einem Nachwort von Christoph Michel. Zwei Bände. it 175
– Maximen und Reflexionen
Text der Ausgabe von 1907 mit den Erläuterungen und der Einleitung Max Heckers. Nachwort von Isabella Kuhn. it 200
– Reise-, Zerstreuungs- und Trostbüchlein
Herausgegeben von Christoph Michel. it 400
– Über die Deutschen
Erweiterte Ausgabe mit Illustrationen, einem Nachwort, Nachweisen und Register. Herausgegeben von Hans J. Weitz. it 325
– Goethes Letzte Schweizer Reise
Dargestellt von B. Schnyder-Seidel. Mit zeitgenössischen Abbildungen. it 375

*Romane, Erzählungen, Prosa*

Johann Wolfgang Goethe. Anschauendes Denken
Goethes Schriften zur Naturwissenschaft. In einer Auswahl herausgegeben von Horst Günther. Mit Zeichnungen des Autors. it 550
– Wilhelm Meisters Lehrjahre
Herausgegeben von Erich Schmidt. Mit sechs Kupferstichen von F. L. Catel. Sieben Musikbeispiele und Anmerkungen. it 475
– Wilhelm Meisters theatralische Sendung. Mit einem Nachwort von Wilhelm Voßkamp. it 725
– Wilhelm Meisters Wanderjahre oder Die Entsagenden. Mit einem Nachwort von Adolf Muschg. it 575
– Novellen
Herausgegeben und mit einem Nachwort versehen von Katharina Mommsen. Mit Federzeichnugen von Max Liebermann. it 425
– Reineke Fuchs. Mit Stahlstichen von Wilhelm von Kaulbach. it 125
– Das römische Carneval. Mit farbigen Figurinen. Herausgegeben von Isabella Kuhn. it 750
– Die Wahlverwandtschaften
Mit einem Essay von Walter Benjamin. it 1
– Die Leiden des jungen Werther
Mit einem Essay von Georg Lukács »Die Leiden des jungen Werther«. Nachwort von Jörn Göres »Zweihundert Jahre Werther«. Mit Illustrationen von David Chodowiecki und anderen. it 25

Goethe – warum? Ein Almanach. Herausgegeben von Katharina Mommsen. it 759

Gogol. Der Mantel und andere Erzählungen
Aus dem Russischen übersetzt von Ruth Fritze-Hanschmann. Mit einem Nachwort von Eugen und Frank Häusler. Mit Illustrationen von András Karakas. it 241
– Die Nacht vor Weihnachten. Mit farbigen Bildern von Monika Wurmdobler. it 584

Iwan Gontscharow. Oblomow
Mit Illustrationen von Theodor Eberle. it 472

Franz Grillparzer. Der arme Spielmann. Mit einem Nachwort von Richard Brinkmann. it 690

Maxim Gorki. Der Landstreicher und andere Erzählungen. Mit einer Einleitung von Stefan Zweig und Illustrationen von András Karakas. it 749